“深扎”文丛

U0890650

DANGJIAREN

当家人

墨白 著

河南大学出版社
HENAN UNIVERSITY PRESS
·郑州·

图书在版编目(CIP)数据

当家人/墨白著.—郑州:河南大学出版社,2018.4
(“深扎”文丛)
ISBN 978-7-5649-3318-0

Ⅰ.①当… Ⅱ.①墨… Ⅲ.①电视文学剧本—作品集—中国—当代 Ⅳ.①I235.2

中国版本图书馆 CIP 数据核字(2018)第 088134 号

总 策 划 侯若愚
责任编辑 侯若愚
责任校对 任湘蕊
封面设计 侯一言
出版发行 河南大学出版社
地址:郑州市郑东新区商务外环中华大厦 2401 号 邮编:450046
电话:0371-86059701(营销部) 网址:www.hupress.com
印 刷 河南瑞之光印刷股份有限公司
版 次 2018 年 11 月第 1 版 **印 次** 2018 年 11 月第 1 次印刷
开 本 889mm×1194mm 1/32 **印 张** 9
字 数 250 千字 **定 价** 45.00 元

目　录

人 物 表

李天成——黄河湾村支部书记

赵秋英——李天成妻

李来望——黄河湾村原村支书

胡香云——李来望妻

锅底(李天功)——李天成的小弟

红裙——李来中之女,锅底妻

李来中——村民、李来望的弟弟

田桂荣——李来中妻

吕怀朴——最初的河通镇党委书记、后来的县委书记

陈世前——黄河湾村村委主任

陈世超——原村委会会计

陈老伦——村支部委员

天成娘——李天成的母亲

天成舅——李天成的舅舅

新民——村民

春莲——新民妻

李小宁、李海燕(李天成儿、女)

孙镇长、县委书记、宋所长、汪毛、技术员、门卫、胖所长、护士等

村民:陈保卫、李公社、保卫爹、公社妻、老伦妻、世超娘、李小军、老会手、村民甲、乙等

第　一　集

#·村街、李天成家门前、夜

一轮淡淡的残月挂在西天，夜色笼罩着村子。这是一个典型的黄河岸边、豫北平原上的村庄，村街里坑坑洼洼，房屋盖得高高低低，杂乱无章。远处偶尔传来一声狗叫，村街里越发显得寂静。

李天成家的两层小楼坐落在村街边，如鹤立鸡群。

一个黑影沿着村街偷偷地摸过来，在李天成家门前停下，黑影回身窃视，见没什么动静，就把手里拿着的绳子轻轻地抖开，分别绑在大门两侧的树身上。

手的特写，那双手把绳子拉紧，绑牢在树身上。

黑影站起来，用脚蹬了蹬离地有半尺高的绳子。绳子在夜色里颤动。

#·李天成家院内、夜

这是一座以二层小楼为主的院子，东边是和小楼连在一起的厨房，靠厨房南边是压水井，院子的南边是一个猪圈。李天成家的狗卧在猪圈边。狗突然听到大门边有声响，汪叫着冲向门边。一包东西从墙外飞落到院内，那狗上去咬住了。

#·李天成家、屋内、夜

李天成和赵秋英正在睡觉。李天成被院子里的狗叫声惊醒，他猛地坐起来，伸手拉灯，翻身下床，抓起上衣趿拉着鞋就往外跑。赵秋英也被惊醒，翻身坐起，惊恐地：谁？

＃·李天成家、院内、夜

狗仍然对着门叫，李天成拉开房门从屋里出来，他拉亮了院里的电灯：狗！狗停住叫声，门外传来了朝远处奔跑的脚步声。李天成快步来到门边，开门。那狗叼着那块肉跑到黑暗里去了。

＃·村街、李天成家门前、夜

李天成拉开大门，他一边往村街里看一边匆匆出来。刚走两步，他就被脚下的绳子绊倒了，李天成重重地摔倒在地上。李天成痛苦地在地上翻了一个身儿，他慢慢地从地上坐起来，在从院子里照过门洞的灯光里，他看到面前横着几块砖头，他气恼地拾起砖头一块一块地扔到门边。然后他又伸手摸了一下脸，在灯光里，他看到了手上的血，同时他还看到了那根把他绊倒的绳子。

李天成站起来，回身朝黑暗的村街里看一眼，村街里静悄悄的，什么声音都没有。他又用手摸了一下流血的鼻子，这才走到那根绳子前，慢慢地蹲下来，看着那根绳子。

赵秋英披着衣服匆匆地走出来：谁？

李天成没有说话，伸手去解绑在树上的绳子。

赵秋英：咦，血，你鼻子流血了。

李天成仍然没说话，他闷着头从树上解下绳子，起来走到村街里，站住，朝左右看，村子躺在黑暗里，静悄悄的没有一点声音，他朝地上吐了一口血水，然后对着黑暗愤怒地喊：有种你出来！

由于疼痛，李天成喊完就用手捂住了自己的嘴。

赵秋英小跑着过来把他往院里拉，小声而严厉地：你疯了，还怕人家不知道。

赵秋英把李天成拉进院里，伸手把大门关上了，上了锁，拉着李天成往屋里去。

那只狗在黑暗里正吃着那块肉。

＃・李天成家、屋内、夜

李天成把那根绳子丢在桌子上，赵秋英端着水盆过来，她把水盆放在身边的凳子上，从水盆里拧出毛巾，要给李天成擦脸上的血。李天成一下推开赵秋英的手，把头伸到盆里，用盆里的水拍打着脑门。

赵秋英：磕哪了？

李天成停下拍打，从水盆里抬起头来，用手指了指自己不能张口说话的嘴。

李天成吐字不清地：水。

赵秋英把手里毛巾递给李天成，转身走出去。

李天成把口中的血水吐进水盆里，擦脸，可是他的鼻孔里还在流血。李天成走到桌子边，从抽屉里找出一团棉花来，他撕下一点，塞进流血的鼻孔里。

赵秋英端着一碗清水过来，递给李天成。李天成接过碗喝了一口，把漱口水吐进水盆里。

赵秋英：到底磕哪了？

李天成：砖头上。

李天成说完用手捂着自己的嘴。

赵秋英：哪来的砖头？肯定是有人故意放的。

李天成不说话，把右手的拇指和食指伸进嘴里，手指出来时，拿出了一颗门牙。

赵秋英惊慌地：磕掉了？

李天成又漱了一次口，这才把手里捏着的那颗牙在水碗里涮了涮，在灯光里看了一眼。赵秋英从李天成手里接过水碗，放在桌子上。

赵秋英心痛地：咦，牙都磕掉了。

李天成把嘴张给赵秋英看：看看哪一颗。

赵秋英：咦，门牙。都是你，盖三间瓦房够住的不妥了，非要盖楼……

李天成：咋，我住一辈子破草房，他们心里才安生？

赵秋英：人家有钱藏还藏不住呢，你这可好，光怕人家不知道。

李天成：我就是要让他们知道，我准备再盖一幢，我就不信凭本事挣点钱就这么赖。

赵秋英：你能，你盖呀，你不盖楼家里会出这些事儿？一圈子人眼睛都红了，盯着你，喂鸡喂不住，喂鸭喂不住，不是给你偷走，就是给你药死。

李天成在床边坐下来，他伸手把桌子上的绳子拿起来，看着，沉思。

赵秋英：今个把你的门牙磕掉了，明个又不定出啥事呢。

李天成突然晃动着手里的绳子：真是一家饱暖千家恨？

赵秋英：这回你知道了吧，他就不叫你安生。

赵秋英把碗里的水倒进水盆里，然后端起洗脸盆出去。

李天成突然把手中的绳子摔在地上。

李天成愤怒地：日他娘！穷了受气，有了也受气！

李天成说完，在床边蹲下来，从床底下拉出一个工具箱，从工具箱里取出一把锤子和一颗钉子，站起走到床头前，往墙上楔钉子。正楔着，赵秋英走进来。

赵秋英：你不睡觉，干啥？

李天成也不说话，他放下锤子，拿起绳子挽好，挂在钉子上。

李天成：我就挂在这儿，见天看一眼。

赵秋英：看一眼就能把你的牙补上了？

李天成：补不上不补，就这样，一张嘴，我就想起来这牙是咋掉的！

赵秋英：想起来咋着，就不受气了？

李天成：我就不信穷了还有理！

赵秋英:又上劲了?要睡就睡会儿,不睡就过河送菜去。

李天成把锤子放进工具箱里,用脚把工具箱踢到床下,然后往外走。

赵秋英跟着往外走,她边走边回头不安地看着那根挂在墙壁上的绳子。

#·李天成家、院内、夜

李天成从门里推出车子,支好,又走回去,同赵秋英把一驮筐青菜从屋里抬出来,他们把驮筐放在自行车的后架上。李天成用绳子刹筐。

赵秋英:你对他三舅说,他二十六结婚,我和咱妈头天晚会儿过河去。

李天成只顾干自己的,也不说话。赵秋英说完抬头看天。

赵秋英:天快亮了,要不叫小宁起来?

李天成:叫他干啥?

赵秋英:上学呀,你送他一程。

李天成:糊涂了,出了村他往西我往南,咋送他。

赵秋英:孩子起早去上学,我总是不放心。

李天成:有啥不放心,叫狗跟着。

赵秋英:哎,狗呢?这半天咋不见狗的动静。花儿,花儿——

赵秋英说着朝狗卧的地方走过去,她看到狗躺在那里,就上去用脚踢着狗:花儿。

那狗躺在地上,一动不动。

赵秋英惊慌地:快来看看,狗咋了。

李天成匆忙过来,他踢了踢狗,狗一动不动,他伸手把狗拉到灯光里,蹲下来,拉起狗头,狗嘴里吐着白沫。狗喔喔在叫,挣扎着。

李天成:肯定是中毒了。

赵秋英:吃啥中毒了,刚才还活蹦乱跳的,咋说中毒就中毒了?

谁下的毒？

李天成：嚷啥，快把铁锨拿来。

赵秋英拿把铁锨过来，递给李天成。李天成走到墙边挖坑。

赵秋英：这人真是狠呀，一条狗也不放过……

李天成三下两下就挖了一个坑，转身抓着狗的蹄子把狗丢在坑里，抓起铁锨往狗身上埋土。

赵秋英：你这干啥？

李天成：解毒。

赵秋英：能中？

李天成：土法。

李天成用土把狗身子埋住，只露狗头在外边。李天成在狗的身边蹲下来，用手抚摸着狗头。

李天成：花儿，就看你的命了……

赵秋英心痛地：花儿……

李天成站起来，他抬头看了看天，然后走到自行车边，他一边解着刹车的绳子一边对赵秋英说：把他俩叫起来。

赵秋英往楼上去：唉，这日子过的，整天提心吊胆的。

♯ · 村口、黎明

李天成骑车从村街里过来，前面坐着女儿李海燕，后面坐着儿子李小宁，两个孩子身上都挂着书包。

红裙从对面的村路奔跑过来。她看到李天成，停下来喘息着：二哥，锅底呢？

李天成一脚支住车子：在家吧，有事儿？

红裙：派出所的要来抓他。

红裙说完往村里跑去。李天成扭头看着骑车走远的红裙。

李天成回过头来，骑车沿着村路往前走。

＃・村街、锅底家门前、黎明

红裙一边奔跑一边急促地喘息着，来到锅底家大门前，停下，急促地敲门。门开，天成娘披着衣服站在门里意外地：是你呀，闺女，进来进来。

＃・锅底家、院内、黎明

这是一个深深的院子，院子的后面有几间土瓦房，院门前长着一棵大槐树。院子里杂乱地堆放着一些东西。

红裙：他呢？

天成娘：睡着呢。

红裙：赶紧叫他跑吧，派出所的要抓他呢。

红裙说着就往门边匆匆走去，天成娘跟在后面：老天爷，这是啥事呀……

＃・锅底家、屋内、黎明

锅底正在睡觉，天成娘和红裙推门进来。

天成娘焦急地：锅底，锅底。

锅底醒来，坐起。

红裙：赶紧起来跑吧，派出所的要抓你了。

锅底忙下床穿衣服：你听谁说的？

红裙：俺大娘。

锅底：她去你家了？

红裙：咋会去哩，俺爹怕我来给你报信，看了我一夜。

＃·丁字路口、黎明

村路和乡村公路形成的丁字路口。李天成带着孩子骑车从土路上过来。一辆面包警车从乡村公路拐上土路。李天成忙从车上下来,闪在一边。警车从他的身边飞驶而过,荡起了尘土。李天成看着开远的警车,若有所思。

李小宁从车上下来。李天成把李海燕从车上抱下来。

李海燕:爸爸。

李天成把车子扎住,在李海燕身边蹲下来,一手揽着女儿。

李天成:还有事儿?

李海燕伸出手,轻轻地把李天成塞在鼻孔里的棉花拉掉:疼吗?

李天成:不疼。

李天成从李海燕手里接过那块浸满了血色的棉花,看一眼,扔在路边的田地里。

李海燕:爸,你的牙咋掉了?

李天成笑了笑:夜里逮老鼠,一不小心磕着了。

李天成说完站起来:到公路上了,你们去吧。

李小宁拉着妹妹走了两步,站住,回过头来,看着李天成。

李小宁:爸,刚才那车是去抓俺叔的吗?

李天成:小孩子,别管大人的事儿,好好上学。去吧去吧。

李海燕:爸爸再见。

李天成:再见。

李天成看着孩子们走上了公路,这才把车子调转过来,上车,沿着村路往回骑去。

＃·村街、锅底家门前、黎明

李来中骑车匆匆过来,他来到锅底家门前,下车。

＃ · 锅底家、院内、黎明

李来中推车进来，支住车子，喊叫起来：红裙，你给我滚出来！

＃ · 锅底家、屋内、黎明

听到李来中的喊叫声，红裙紧张起来：俺爹撵来了。

天成娘：闺女，别怕。

锅底：你待屋里别动，我出去看看。

＃ · 锅底家、院内、黎明

李来中伸手从门边拿起一根棍子：锅底，你出来。

锅底从屋里出来。他装着才醒的样子，揉着自己的眼睛：喊啥？

李来中：叫红裙出来。

锅底：她没来呀？

李来中：没来？你骗谁，叫她出来！

这时天成娘从屋里出来：他三叔呀，你来了。上屋上屋。

李来中：别摆理，你叫红裙出来。

他们正说着，大门外的村街里突然传来了汽车声。锅底一听，就往门口跑，可是他跑到门前愣住了，宋所长和几个民警把大门堵住了。

宋所长：抓住他！

锅底往后退着，他的手触到了李来中支那儿的自行车，他猛地把自行车横倒在民警的面前，转身朝屋里跑去。

几个民警追过来，把东屋的门堵住了。宋所长从腰里掏出手枪来。

宋所长:跑不了他,把门口堵住。

两个民警手提警棒朝屋里走去,刚走到一半就退了回来,锅底手里握着一把杀猪的尖刀把门口堵住了:别过来,这刀可不认人!

宋所长厉声地:锅底,你不要胡来!

锅底:我胡来?你为啥抓我?

宋所长:你自己做的事还不清楚?

锅底:我不清楚!

民警乙手持警棒想接近锅底。

锅底:别过来,谁过来我就捅谁!

天成娘惊恐地:锅底,啥话不好说,拿刀干啥?

锅底:你别管!

宋所长晃了晃手枪说:把刀放下,不放我就开枪了。

李来中:对,开枪,打他的腿。

红裙突然出现,拦在了锅底的前面:爹……

锅底一下把她推到屋里去。

天成娘:他哥,千万别开枪,有话好好说。

锅底说:妈,你让他开,今个我破上了!

宋所长:锅底,你这可是罪加一等呀。

锅底:我犯啥罪了?

宋所长:不交统筹款,还带头闹事儿,这不是罪?

锅底:支书十二年不算账,就不是罪?咋,他李来望的嘴就是法?想让交多少交多少?

宋所长口气缓和地:你把刀放下,有理咱去镇上说。

锅底:你骗谁?我哪也不去,村里的事儿就在村里说,你把支书叫来,只要他说得清,让我上哪儿我上哪儿。

宋所长:好好,我找人去叫,你把刀放下。

锅底:来了我再放。

宋所长:说话可得算数。

锅底:我锅底啥时候说话不算话?

宋所长对民警甲:小陈,你喊支书和村长过来。

民警甲朝外走去。

＃·村街

村街里停着一辆面包警车，陈保卫、李公社从村街里过来。

陈保卫：干啥了？

李公社：派出所的来抓锅底哩。

陈保卫转身就朝一个胡同里跑去。

＃·新民家、院内

陈保卫匆匆跑进院来，拍打着屋门。屋里传来新民的声音。

新民画外音：谁呀？

陈保卫：快点，派出所的来抓锅底呢。

新民披着衣服开门：抓走了？

陈保卫：在他院里呢。

新民回身从门后拿出一面铜锣：走，喊人拿家伙！

＃·村街

新民从胡同里出来，一边敲锣一边跑着喊：派出所的来抓人啦——派出所的抓人啦……

＃·锅底家、院内

锅底正和民警对峙着。

天成娘：锅底，你疯了不是，有事儿说事儿，拿刀干啥？

锅底：妈，你别管。

天成娘:你想找事儿不是?

锅底:我就是找事儿,他李来望想贪就贪,想占就占,我说说就不中?

天成娘:你说吧,全村人都不说,就你能!

锅底:兴他放火,就不兴我点灯?

天成娘:点吧,孩子乖,这下你可点好了,派出所的抓你来了。

#·村街、锅底家门口

新民、陈保卫、李公社等许多村民手里都拿着家伙站在锅底家的门口,看着院子里的事态。天成娘匆匆走出来,正好李天成骑着车子从村道上过来。

新民:二哥来了。

李天成下车,天成娘忙迎上来:天成,要出人命了。

李天成:妈,别慌,没有过不去的事儿。

天成娘:可这会儿人家不让咱过。

李天成:不让过咱就停下来歇会儿。

李天成一边说一边推着车子往院里走,众人都忙给他让路,李天成走到门前停住了,他支住车子,回头巡视着众人:咋?还都提着家伙,来打日本鬼子?

李天成说着不习惯地摸了一下自己的门牙。

新民走过来,凑近李天成小声地:我们都说好的。

李天成朝院里宋所长他们看一眼,大声地:大声点,让大家都听听,明人不做暗事,小声嘀咕个啥?

新民尴尬地站着。

#·锅底家、院内

李天成说着走进院子,也不看和锅底对峙的宋所长他们,回身指着站在门口的村民。

李天成:你们谁要是想让锅底去坐牢,想判他个十年八年的,谁就拿着家伙上!

一听李天成这样说,众人都往后退去。有人把手中的家伙不好意思地背在身后。

天成娘跟上来:快去管管锅底吧。

李天成:管?咋管?

李天成说完看了众人一眼:统筹款就是皇粮,历朝历代哪有老百姓不交皇粮的?抗粮不交那就是犯法。

天成娘:那你就不管了?

李天成:他手里拿着杀猪刀,我管得了吗?妈,咱不管,让他去杀,他杀人他抵命。俺兄弟不好几个的吗?你就权当没有他这个儿!

天成娘:天成,他可是你兄弟呀……

天成娘说着哭泣起来,她一边哭一边拍着自己的大腿:要气死我呀……

天成娘一边哭一边往锅底身边去,李天成忙上来拉住她。

李天成:妈,你别去,让他杀,你看,宋所长手里那是啥?那是枪。二十五了还没有娶上个媳妇,让他杀,杀不好人家一枪崩了他,你不就省心了?

天成娘甩开李天成的手:天成,这是你说的话?他是和你吃一个奶头长大的,你就这样狠心?也别让他找事了……

天成娘哭着用手拍着自己的胸口走到锅底的面前。

天成娘:锅底,娘先把老命给你……

锅底愣住了:妈……

天成娘伸手把锅底手中的刀夺下来。

天成娘:把刀给我……

宋所长一挥手,几个民警一拥而上,把锅底摁住,给他戴上了手铐。

宋所长:带走。

民警们推着锅底就往外走。

天成娘上前拦住：咋又抓走了，我不是把刀夺下来了吗？

民警们不理她，只管推着锅底往外走。

红裙从屋里跑出来，上来拦住民警：你们不能抓他。

李来中上来一把抓住红裙，把她拉到一边。红裙挣扎着，去拦民警。

李来中：嫌丢人丢得不够？

民警推着锅底往外走。李来中一手推车，一手拉着红裙，嘴里骂骂咧咧地跟着往外走。

李来中：死妮子，跟我回家……

天成娘：天成，你咋不管呀？

李天成：妈，你以为你儿是啥？书记，县长？

天成娘一屁股坐在了地上，号啕起来：我的天呀——

＃·村道、锅底家门前

民警们押着锅底走出大门，把锅底推进车里，宋所长他们都上了车，民警甲已经把车发动着。新民手里的铜锣响了一下，新民、陈保卫、李公社等人手里拿着家伙一下子把那辆警车拦住了。车开不走，宋所长只好从车上下来。

这个时候李来望披着衣服倒剪着双手从村道上走过来，后面跟着陈世超和民警甲，他们来到车前停住了。

宋所长：人也抓了，就在车里，可带不走，你看咋办？

李来望没有接宋所长的话，而是看着众村民。他走到新民面前，用眼冷冷地看着他。

锅底挣扎着从车里探出头来：李来望……

锅底还没有说完，就被民警拉了回去。李来望没有理会车里的锅底，他仍然看着新民。

李来望：新民，带锣干啥？

新民：去地里吓麻雀。

李来望冷冷地：吓麻雀？

李来望盯着他，突然大声说话：问问村里的老少爷们，谁不知道你新民比狗黑子还懒？谁见过你这么早提着铜锣去地里吓麻雀？嗯？你这是聚众闹事！

新民有些心虚地往后退了一步：你不能血口喷人！

李来望：血口喷人？新民，你看清楚了，我刚刚刷的牙，嘴里干干净净，不但没有血，还满嘴的清香！

锅底在车里喊叫：新民，别怕他！

李来望：听到没有？锅底在给你打气，你和他串通好的是不是？嗯？

李来望说一句往新民的身边逼近一步，新民后退着，拦在车前的众人也往后退着。

李来望：你喊人拿家伙拦警车，知道啥性质吗？嗯？

宋所长：妨碍公务。

李来望：听到没有？妨碍公务就是犯法！现在就可以把你抓起来！

＃·锅底家、院内

李天成站在门边偷看着村街里发生的事儿，他忙来到母亲的身边：妈。

天成娘：别碰我，你不是不管吗？

李天成小声地：咋不管，不管你能拿掉他的刀？

天成娘：人家把人都抓走了，你管的啥？

李天成小声地：抓不走。你往车头里一坐不起来，谁能咋着你？

天成娘不哭了，她抬头看着儿子，李天成朝妈笑了笑。

天成娘愣住了：天成，你的门牙咋掉了？

李天成：我小时候你就说，八岁拔，掉狗牙。

天成娘生气地：你还没一百呢。

李天成：我活二百也是你儿。赶紧去吧，坐车前头，再晚了车就开走了。

天成娘从地上起来，小跑着朝外去。

＃・村道、锅底家门前

众人已经从车前让开，宋所长上车。这时天成娘小跑着过来，一下子在车前坐了下来。开动的车走了两步又在天成娘的身边停住了。宋所长从车上下来。

宋所长：大娘，你不能坐在这儿，这是妨碍公务。

天成娘：我一个老婆子家，懂得啥是公务？想压就压吧，反正我这老命也不值钱。

宋所长：李支书，你看咋办？

李来望：该咋办咋办！

锅底在车里喊：李来望，你别欺人太甚。

李来望：你说我欺负谁了？

锅底：你欺负我！

李来望：你不交统筹款，派出所的来抓你也算我欺负你？嗯？

李来望说完不再理锅底，他回身看着众村民。

李来望：老少爷们，我李来望今年干支书已经十二个年头了，说句掏心窝子的话，哪个龟孙想再干一天，嗯？有人说我整天干的都是催粮征款，刮宫留产，我不干这你让我干啥？这都是镇里布置下来的，是村里的工作，嗯？你说，哪一项不是得罪人的事儿？我不说计划生育，就说这统筹款的事吧……

锅底：你咋收的？夏秋两季加起来二百多块，一亩地能打多少粮食，你说，你这二百多块钱是咋收的？

李来望对锅底：该收多少，我说了不算，那都是镇里定的，一款一条，白纸黑字，都在上面写着……

李来望转向大伙：为了这统筹款的事儿，孙镇长已经熊了我几顿了，咱打打颠倒，你要是这个支书，大家都不交统筹款，你咋办？这村里的工作往后去还咋做？嗯？昨天民警来村里协助工作，锅底带头出来闹事，看看，事出来了不是？嗯？现在派出所来村里抓人……

锅底从车里探出头来：李来望，别摆臭理，你把账给大家算清楚！

李来望：锅底，你张口合口算账，村里有支部，有村委，这算不算账也是你管的事儿？你以为村里的干部都是傻子，啥都不懂？你以为村里还有多大的出息？嗯？村里一没有企业，二没有工厂，每家就那几亩盐碱地，我就是想贪哪来的钱？嗯？一年就收那几个提留，连招待费都不够，你还口口声声喊着要算账？

锅底：你骗谁？你整天跟着白吃白喝，看看村里谁不知道！

李来望：白吃白喝？上面来人让你锅底去陪？你能给上头汇报工作？我是支书，就是咱村的脸面，上头来检查工作，我不让人家吃饭？大伙说说，我这是白吃白喝？嗯？张口合口算账，就像我李来望心里有鬼，嗯？

锅底：不算就有鬼！

李来望：有啥鬼？

李来望指着身边的陈世超：会计在这儿，等你锅底交了统筹款，交了提留，我让他给你算个明白。

锅底：算不清我就不交。

陈世超：我看你啥也不是，你是想报复！

锅底：我咋想报复？

陈世超：支书要是同意你和红裙的婚事儿，你还闹不闹？

锅底：他为啥不给我开介绍信？我们是自由恋爱！

陈世超还要说，被李来望伸手拦住了：咱今天打盆讲盆，打罐讲罐，你说，这统筹款你交不交吧？

锅底：你不把账算清楚我就不交！

李来望：好好，你不交，你能……

李来望看着众人：大家伙都在这儿，人家派出所的来抓他，我本想着给他说两句好话，可是现在……

李来望对宋所长：你们该咋办咋办。

宋所长：你看……

李来望看看坐在车前的天成娘。

李来望：李天成呢？

众人都往院子里看，那里没有一个人。陈世超朝院子里喊：李天成——

人们没有听到回声。

宋所长：刚才还在院子里呀。

李来望对陈世超：你把李天成找来。

陈世超朝院子里走去。

＃·锅底家、院内

陈世超走进院来，喊：天成——

＃·锅底家、西屋内

李天成正站在窗前朝外偷看，他看到陈世超走进院子里，就忙回到一口装麦子的大缸前，缸前有一只快装满了的口袋，李天成抓住一个大瓷碗往一只布袋里装麦子。正装着，陈世超走进来：天成。

李天成也不理他，他把装满粮食的口袋晃了晃，一手抓着布袋口，弯腰一用力就把布袋扛在了肩上，然后往外走。

陈世超：你这玩的是哪出戏？

李天成仍不理他，只顾扛着粮食袋子往外走。

＃·村道、锅底家门前

李天成扛着一袋子粮食走出来，众人给他让路。李天成把粮食口袋放在地上，看着宋所长和李来望：这是俺娘的粮食，顶统筹款，让世超算算，得多少，我还去扛！

锅底戴着手铐突然从警车上跳了下来：你咋恁当家，这是我的粮食，你给谁商量了？

李天成看他一眼，没说话，转身朝院子里走。锅底想上前去拦李天成，但被民警抓住了。李天成接着往院里走。锅底一下挣脱了民警，从陈保卫手里夺过铁锨握在手里，跑过去，横在李天成的面前，眼睛都红了：你再扛个试试！

宋所长上来拉住了李天成。

宋所长：你这也不是个办法，来来……

宋所长拉着李天成走到李来望的面前：正好你们支部、村委都在这儿，再去商量商量，还是先做好群众的思想工作。

李来望看了李天成一眼，又看了众人一眼，然后看着陈世超。

李来望：通知全体支部和村委，去村部开会。

李来望说完朝前走，众人都纷纷给他让路。

宋所长对李天成：走吧。

李天成跟宋所长一块儿往前走。民警甲在后面喊住了宋所长。

民警甲：宋所长——

宋所长停下来，民警甲小跑着过来，到了宋所长的身边小声地：人咋办？

李天成用胳膊肘碰了碰宋所长：俺村的事儿你也明白，群众意见这么大……

李天成说完看着宋所长：先放了。

宋所长和李天成又走。民警甲来到锅底身边，给他打开铐子。民警甲又走到天成娘身边。

民警甲：起来吧，把你儿子放了。

锅底忙过来把娘从地上扶起来。民警甲他们上车，开车离去。

锅底：妈，你回去吧，没事了。

天成娘：可不能再找事了，人家咋着咱咋着，你逞啥能？

锅底：我知道。

天成娘:别忘了把粮食扛回去。

锅底:我知道。

天成娘说着往院里走去。

新民过来:就这算完了?

锅底:哼,没那么便宜!

新民:咋办?

锅底:一算账,二调地。

新民:都闹了好几回了……

锅底对众村民:咱这回一定给他闹点名堂,按咋天商量的,到县里告他!

新民:对,早就该去了,不给他露一手,他就不知道王二哥贵姓。

锅底:一家一个,这就走!县里不中去市里,市里不中咱就去省里!

#·村部、办公室内

办公室里有几张桌椅,靠窗的一边放有扩音器。李天成、陈世前、陈世超一干人都在屋里高高低低地坐着。李来望和宋所长几个人吸着烟。

李来望:咱现在开个扩大会,统筹款收不上来,咋办?嗯?大家都发表发表意见。

屋里的人都闷着不说话。李来望把手中的烟屁股丢在地上,用脚拧了一下,这才看着李天成。

李来望:李天成。

李天成看着李来望。

李来望:你说咋办?

李天成:咋也轮不着我说,我一不在头,二不在尾。

李来望:锅底带头闹事儿。

李天成:你要这样说,一个字,抓!

宋所长：昨天晚上镇长安排了，抓人不是目的，再说，法不责众，又不是一个人，四、五十户，你总不能把他们都抓进去吧？

宋所长说完看着李天成：天成，你是村里的能人，你先说说。

李天成：我还是那句话，啥事得找着根子。

李天成说完停住了。李来望看他一眼。

李来望：啥根子，你找呀。

李天成：穷！穷就是根子。你说咱村有啥事？一是算账，二是调地。叫我说，账好算，一年收多少提留，咋花的，谁心里没数？地也好调，村里死几个人，谁家的闺女出嫁了，谁家娶了媳妇，谁家生了孩子，那都是秃子头上的虱子，明摆着。这些都是小事情，为啥会因为这些小事闹腾，就是穷，这人一穷，啥赖相都出来了。他看病的钱都没有，你一下子让他出几百，上哪儿弄？话说回来，咱村里家家户户，不说多，手里都有个一万两万的，统筹提留这几个钱算啥？

李来望：李天成，你现在手里有俩臭钱了不是？你说这话是啥意思？你是说我这个支书不会当？嗯？

李天成：那是你自己想的，我可没那样说。我还是那句老话，爱听就听，不爱听就扔，你不能整天光想着催款收钱，你得给群众办实事，让群众致富，群众手里有了钱，啥事儿都好办。

李来望：你说话咋不兜风？你中间那个门牙啥时候没有了？

众人哄的一下笑了。

李天成冷眼看着众人，最后把目光落在了李来望的面前。

李天成：我嫌它不好看，把它拔了，准备镶个金的。

李来望：我看你有俩钱就不知道天高地厚了，你以为你能盖起两层小楼，就啥本事都有了？我这个支书给你，让你干！不当家不知道柴米贵，站着说话不腰痛！你以为那个富说致就致了？嗯？你说咱啥点子没想过？栽树，种棉花，种经济作物，养鸡养鸭……

李天成：那都是镇上的指标，有多少自己想干的？

李来望：想干啥？让他致富他不想干？让他有钱他不想干？这两年镇里不管了，家家户户想种啥种啥，咋没富？嗯？咱村靠着黄河滩，一家就那二亩盐碱地，一没企业，二没矿产，咱北地里有油井不假，可那是国家的，光指望去井架那儿偷两桶没有炼好的石油就富了？你说，用啥致富？就靠家家户户到地里淋盐？……

李来望正说着，他妻子胡香云惊慌地跑进来：来望——

她进屋一看还有别的人，又止住了。

李来望：啥事儿？

胡香云：他们进城告你去了。

李来望一下子从椅子上站了起来：谁？

胡香云：锅底带头，四五十口子，开着几辆三轮，还打着标语。

李来望：好呀——

李来望突然用手指着李天成：李天成，这回你吃不了兜着！

李天成坐在那里没动：我咋兜着？

李来望：带头闹事的是谁？嗯？你兄弟！带头上访的又是谁？嗯？还是你兄弟！他吃了豹子胆了？嗯？是谁给他撑着？是你！

李天成：你嘴皮一吧嗒就是我了？

李来望：不是你是谁？

李天成：也不调查调查？

李来望：调查？这是秃子头上的虱。

李天成：我这一下就跳进黄河里去了？

宋所长：别抬了行不行？

李天成突然站了起来，口气坚硬地：那不中，他得给我说清楚。

李来望：说清楚？你已经跳到黄河里去了，还想洗身子？可惜没那清水。

李天成：你要是天皇老子，我这不就犯了杀头的罪？

李来望：事儿不大，你自己看着办吧。

李天成：你要这样说，要杀要剐，随你！

李天成说完转身朝外走。

陈世前站起来追上去：天成……

李天成头也没回，走出门去。

陈世前站住，对李来望：现在拦人才是正事儿。

李来望：世超，找几个人，把他们拦回来。

陈世超：人家就是冲着咱去的，会听我的？

李来望：世前，你去。

陈世前：你是支书，我是村长，一根绳子上的蚂蚱。

李来望：都不想管是不是？那就让他们去告吧，想上哪儿告上哪儿告，爱上哪儿告上哪儿告，我不怕！我李来望一不贪二不占，我还怕他告？

宋所长：谁说你怕了？这事要是闹大了，孙镇长那儿你怎样交代？镇里的书记都走三个月了，孙镇长一直主持工作，他心里咋想的你不清楚？眼看着他的事儿就要成了，锅底他们到县里这样一闹腾，我看吃不了兜着走的是你！

宋所长看着胡香云：人到哪了？

胡香云：已经出村了。

宋所长：世前，你带上警车，拉上李天成，一定要把他们追回来！

陈世前：好吧。

陈世前说着走出去。

＃·村街、李天成家门前

李天成正走着，警车追过来。陈世前从车里探出头来：天成——

李天成站住，陈世前从警车上下来，走到李天成的身边：宋所长专门让我来接你。

李天成：谁接我也不去。

陈世前小声地：别给他一般见识，他就那水平。

李天成：你又和稀泥？

李天成说完走向自家的大门。陈世前装出无奈的样子，摇摇头，跟过去。

♯·李天成家

李天成推门走进院子,陈世前跟过来。赵秋英正在压水井边压水:村长来了?

陈世前:你忙,我给天成说点事儿。

赵秋英提着水桶走进厨房。

陈世前走近李天成:你以为我想管?事闹得越大越好……

李天成:别说我不给你面子,这回就是老天爷来,我也不会去。

李天成说着走到压水井边去压水,陈世前跟过去。

陈世前:来这么大的官干啥?来个县太爷就能问清楚。一个说三九二十七,一个说三九二十八,你说县太爷会打谁板子?你跟一个三九二十几都不知道的人抬杆,那你不是傻了?

李天成蹲下洗脸,陈世前也蹲下来:再说,这事闹大了对你就有好处?也不是你叔我看得准,有一天,这村里的事儿还都要靠你来管呢。

李天成:你想拖死猫上树?

陈世前:咋是拖死猫上树?哎——

陈世前说着站了起来:咱村谁能种塑料大棚赚十几万?他李来望能吗?他除了拖着个官腔,狗啃麦苗子装羊,他还会干啥?他除了拿孙镇长来吓唬人,他还会干啥?不就他老表在市里吗?你说他有啥本事儿?

陈世前说着指着李天成家的楼房:他能盖起这小洋楼吗?你这才叫本事。地是一样的地,别人种地赔钱你赚钱,这才是能耐!

李天成用毛巾擦着脸,不语。

陈世前朝大门边看了看,回过头来,朝李天成探下腰来,小声地:我说你将来当支书能是瞎说吗?你是个明白人,啥事儿想得开,也看得远,丢个西瓜捡个芝麻的事儿你会干?

李天成站起来,把手中的毛巾扔进盆里:你再说,也是瞎子点灯白费蜡……

李天成说着推着陈世前往外走：你该找谁找谁，别费工夫。

陈世前：天成……

李天成把陈世前推到大门外：你也别生气，不是我不给你面子，逢着他李来望的事儿我不管。

李天成说着把门关上了。

#·村街、李天成家门前

陈世前站在门前，用手扣着门环敲门：天成……

陈世前看里面没有动静，只好放下手来，回身走到警车前。

民警甲：请不动？

陈世前朝村街上看一眼：他说的你都听见了？你说这事儿……

民警甲：咱去？

陈世前：咱去能拦得回来？你不知道，这事儿非李天成不可。

陈世前回头朝锅底家那边看了一眼：你先等等。

陈世前说着朝锅底家走去。

#·李天成家、院内

李天成正躲在大门后面往外偷看着。赵秋英端着一盆猪食从厨房里走出来，她把猪食倒进猪槽里，用棍子搅拌着，两头猪拱着在猪槽里吃食。

李天成回过身来，他走到埋狗的地方，狗身上已经盖住了一领草席。李天成蹲下来，掀开草席。那狗埋在土里，只露一个狗头在外边。

赵秋英：没救了，我都看了几遍了。

李天成沉默不语。

赵秋英:心真狠呀,活活的狗,硬药死。

李天成伸手拉着草席给狗盖上,站起来:一会儿让舅拉到黄河滩里埋了吧。

赵秋英:你呢?

李天成往关闭的大门看一眼:我一会儿进城呢。

赵秋英:还去卖菜?

李天成:别的事儿。

李天成说着朝屋里走去。

#·李天成家、屋内

李天成走进里屋,他抬头去看墙上挂绳子的地方,愣住了。墙上什么也没有,只有一个挂绳子的钉子。李天成转身朝外喊:秋英——

赵秋英走进来,李天成伸手指着墙上的钉子。

李天成:我挂的绳子呢?

赵秋英:我去了。

李天成:去了干啥?

赵秋英:我害怕。

李天成:一根绳子你怕个啥?

赵秋英:一看见那根绳子,我心里就紧张,就老想着不吉利的事儿,你看……

赵秋英把左手抬给李天成看,她左手的大拇指用一块布缠着:刚才切菜的时候,刀就把手碰着了。

李天成:绳呢,放哪了?

赵秋英:我烧了。

李天成:烧了?

李天成有些意外地看着赵秋英:烧了就不怕了?

李天成生气地走到外间,在小桌前的凳子上坐下来,不看赵秋英，一个人坐在那里赌气。赵秋英看他一眼，也不说话，走出去。

＃·李天成家、厨房

赵秋英走进来，她站在那里迟疑了一下，端起饭菜朝外走。

＃·锅底家、西屋

天成娘正在屋里收拾东西。

门外传来陈世前的声音：有人吗？

天成娘：谁呀？

陈世前走进来：老嫂子，是我。

天成娘：哎呀，村长呀，坐……

天成娘说着就给陈世前收拾椅子，陈世前一把抓住了她：不坐，我有急事儿。

天成娘：啥急事儿，火烧眉毛？

陈世前：比火烧眉毛还急呢。

天成娘：啥事恁急？

陈世前：锅底进城你知道吗？

天成娘：知道呀，说是拉化肥去了。

陈世前：啥呀，骗你呢，他领着村里人进城告状去了。

天成娘：告状？

陈世前：可不是，这回他把事儿闹大了。在村里，出了啥事儿有我在后面拦着，这到了城里，人家公安局可不讲你是谁，说不好，就把你抓进去。那里面的犯人才不讲你是谁呢，抓着就打，东辛庄的二涛，腿不就是在里面被打瘸的吗？你说这腿一瘸，一辈子不就完了？连个媳妇都说不上……

天成娘：这可咋办？

陈世前：去把他们拦回来。

天成娘：快去呀。

陈世前：我不中，这事儿只有天成……

天成娘：叫他去呀。

陈世前：我请不动。刚才给他商量半天，不答应，我这才来求你。

天成娘：他人呢？

陈世前：在家里。

天成娘：走……

＃·李天成家、屋内

李天成坐在小桌前赌气，小桌上放着饭菜。赵秋英从里屋里走出来，把菜往他面前推了推：吃吧，都凉了。

李天成也不看她，站起来就往外走，赵秋英忙跟出去：天成……

＃·李天成家、院内

李天成气呼呼地走出来，赵秋英叫他也不回头，伸手拿起一把铁锨，走到盖狗的席子边，他刚拉开那领席子，门外传来天成娘的喊叫声：天成，天成……

李天成回头看了一眼，又拉席子盖住那条狗，回身打开门。天成娘和陈世前站在门前。

李天成：妈。

天成娘生气地：我不是你妈……

天成娘说着走进来，陈世前跟着进来。

天成娘：说吧，锅底的事儿你到底管不管？

李天成：妈……

天成娘：我就不明白，平常村里有个红白喜事儿，你比谁跑得都快，今儿个是咋了？你不管锅底的事儿，可村里老少爷们的事儿你就不管了？这一下子去了四五十口子，万一有个好歹，你心里就恁安生？你躺在床上就能呼呼地睡大觉？

李天成：这不是咱的事儿。

天成娘：谁的事儿？

李天成：……

天成娘：咋，还想让娘跪下求你？

陈世前上来拉着李天成就走：走吧走吧，别惹你妈生气，谁不知道你是个孝子。

＃・村街

陈世前拉着李天成往警车那儿去。他们来到警车前，李天成回过身来，仍没好气地看着赵秋英：那菜别往河南送了。

李天成说完上车，陈世前也跟着上车。车开走。

赵秋英有些委屈地看着开走的车。

天成娘看着赵秋英：生气了？

赵秋英：没有。

天成娘：他三舅不结婚吗？好好的咋不让去送菜了？

赵秋英：还有两三天呢，不晚。

天成娘：哦……

＃・村口

警车顺着坑坑洼洼的村街往前开，一不小心，警车一头扎到了一个坑里，熄火了。李天成、陈世前和民警乙从车上下来。

民警甲仍坐在车里：这也算路？推吧。

众人把警车推上来，民警甲却打不着火：这破车！

民警甲从车上跳下来，探身拉开机盖，撅着屁股收拾机器。

李天成回身就走。

陈世前：哎，天成……

陈世前上来拉住李天成：你干啥去？

李天成：等到啥时候？我去推车。

陈世前：一会儿就齐，来，坐这歇会儿。

陈世前拉着李天成在路边的一棵树身上坐下来。这时春莲骑着车子从村路上过来，李天成站起来，上去拦住了她：见新民了吗？

春莲：见了。

李天成：到哪了？

春莲：都到姜庄了。

李天成伸手接过春莲手中的车子，调过头来，把车篓里的包递给春莲：车借我骑骑。

李天成说着骑上车。

陈世前过来：我们一会儿就跟上。

＃・乡村公路

一拉溜儿辆飞马机动三轮开过来，车上坐着村民，每辆车上还都打着一条红色的横标，横标上面用墨汁歪歪斜斜地写着“河通镇黄湾村上访团”的字样。锅底开着最后一辆。

路边不远处，可以看到油田竖立在田地里的提油架。

＃・李天成家、屋内

赵秋英心神不定地在屋里坐着，她抬头朝墙上看着，那里只有一颗铁钉。她突然站起来，朝外匆匆走去。

＃・李天成家、院内

赵秋英走到猪圈边的一堆柴火垛前，弯腰从柴火下面拉出那根绳子来，她看了看，弯腰抱起一捆柴火，往厨房里走去。

＃·李天成家、厨房

赵秋英手里拿着绳子，抱着柴火走进来，她丢下绳子，弯腰拉开那捆柴火，站起来从锅台上拿起一盒火柴，蹲下燃着一根，把放在地上的那捆柴火燃着。柴火在她的面前燃烧起来，火光越来越大，映着她有些痴呆的面孔。

赵秋英拿起手边的那根绳子看着，她把绳子丢进火里，那根绳子被火燃起来。赵秋英看着那根绳子，她的眼睛里突然幻化出李天成生气的面孔。

她不由得打了一个激灵，忙站起来，提起身边的水桶，用水把燃烧的柴火泼灭了。她放下水桶，小心翼翼地把那根绳子从灰里拿起来，看着，那是一根烧得已经有些变色的绳子。然后站起来，朝外走去。

＃·李天成家、屋内

赵秋英手里拿着那根绳子走进来，她把那根绳子挂在了墙上，后退了两步看着那根挂在墙上的绳子。

赵秋英站在那里愣了一会儿，突然走到床前，从枕头底下拿出一串钥匙，朝门看一眼，走到靠墙的箱子边，打开箱子，从里面拿出几捆钱来。她把钱抱在怀里，目光落到屋子里的每一个角落。最后她在床边蹲了下来，从床底下拉出来一筐旧鞋，她从里面拿出一只深腰雨鞋来，她把雨鞋倒过来磕了磕，站起来找了一块布把怀里的几捆钱包了放进一只塑料袋里，又把那包钱放进雨鞋里，然后把那只雨鞋放在筐底上，把其他的鞋子压在上面，推到床底下。她站起来，走一步回头看一步，墙上挂着的那根绳子再次映入她的眼帘。

赵秋英走到外间，这才搬起装菜的驮筐，往外走去。

♯·丁字路口

李天成骑车从村路过来，上了乡村公路，他累得满头大汗，一边骑车一边用衣襟擦着汗。

♯·县城

县城的街道上车水马龙。锅底他们上访的飞马车开过来，又开过去。人们纷纷驻足观望。

♯·乡村公路

李天成骑车拼命地往前赶，他一边赶还一边回头看一眼。那辆面包警车从公路上开过来，追上了李天成，停下来。李天成的自行车在警车边停下，下车，他用衣袖擦了一把脸上的汗水。

陈世前从车上下来，帮着李天成把车装上警车，然后先后上车。警车沿着公路开走。

♯·黄河边、渡口

阳光下的黄河，水天相连，茫茫无际。一只渡船泊在岸边，水浪击打着船舷发出声响。

赵秋英顺着通往河边的土路骑车过来，她车后带着一驮筐菜。

一只卧在船边的狗听到声音，对着赵秋英汪叫起来。

赵秋英过来，停下，看看船上没人，就朝岸边的房子喊：红裙——红裙——

#·黄河边、李来中家门前

这是靠河边的两间房子，紧靠门前放着一只小兜床，李来中正蹲在小兜床边吃饭。听到狗叫声和赵秋英的喊叫声从河边传过来，李来中端着饭碗站起来，一边吃一边朝河边走。

李来中看是赵秋英，突然站住了。

赵秋英：三叔。

李来中黑虎着脸没有说话，转身朝屋里走去。赵秋英愣在了那里。

#·李来中家、屋内

红裙躺在床上赌气，田桂荣站在床边：俺姑奶奶，你起来吃饭中不中？

李来中端着饭碗走进来：不吃算，饿死了心静。

田桂荣回头白了他一眼，这时河边又响起了赵秋英的喊叫声：红裙——红裙——

红裙一翻身下了床，气冲冲地往外走。

田桂荣：红裙……

田桂荣叫着跟出去。

李来中：别管她，有能耐死去！

红裙突然在门前停下来，回头看着李来中：我死！

李来中：咦——

李来中把饭碗往桌子上一蹾，往外追，但被田桂荣伸手拦住了。红裙气昂昂地往河边走去。

李来中伸手指着红裙背影：你反天哩！

田桂荣：你能。

李来中：我不能，这婚事儿我就是不同意。多少人找不了，找他？他们那一家都是啥人？几年前因为浇水的事儿，锅底一铁锨下去差点要了咱哥的命，你忘了？

田桂荣：那时候他还是个小孩，懂啥？

李来中：小孩？都十六七了，还小？

田桂荣：啥事儿都听恁哥哩……

李来中：你说听谁的？

田桂荣：听他的！他一拉溜儿间大瓦房，你住的啥？不就这两间破房子吗？他咋不管你？

李来中气呼呼地在门边蹲下来，不说话。田桂荣转身走出去。

第　二　集

＃·黄河边、渡口

红裙正在帮助赵秋英往船上抬驮筐。田桂荣走过来，一看到是赵秋英，她脸色刷的一下就变了。

田桂荣没好气地：红裙，回家。

红裙不看她，她把菜筐放在船上，对赵秋英说：二嫂，你等呢。

红裙说完三步两步沿着跷板走下岸去。

赵秋英给岸上的田桂荣打招呼：三婶。

田桂荣挖苦地：咦，我以为是谁呢，原来是大财主呀。

赵秋英尴尬地站在船头上。

红裙：妈，有你这样说话的吗？

田桂荣：咋，嫌我说话不好听？

红裙不说话，也不看田桂荣，她搬起自行车往船上走去。

田桂荣：叫你回家听见没有！

红裙搬着自行车上船。田桂荣从岸上追了下来。一边追一边喊：你听见没有！

红裙把自行车放在船上，田桂荣追过来，红裙过去把跷板抽掉了。

田桂荣上不了船，急得在岸上直拍大腿：死妮子，回家你听见没有……

红裙不理她，从水里拉上铁锚，又从船板上拿起摇把，走到机器边，三下两下就把机器摇着了，她驶着舵，把船驶向河对岸。这期间，田桂荣一直站在岸边拍着大腿骂着。

红裙的弟弟小军从船头舱里惺忪眼睛探出头来：姐，骂谁了？

红裙：你睡你的。

小军又倒头睡去。

田桂荣：你个死妮子，你要气死我呀……

＃·黄河、渡船上

红裙掌着船舵，渡船正在横渡黄河。

赵秋英：红裙，看把你妈气哩。

红裙忍不住笑出声来：这是轻的！一对老封建。我不知道俺爹俺妈咋结的婚，咋生的我。

赵秋英也笑了：这闺女。

红裙掌着船舵，河风吹扬着她的头发。

赵秋英：锅底他们进城你知道吗？

红裙：知道，锅底给我说过。

赵秋英：这样闹，你大伯更不会同意你和锅底的婚事儿。

红裙：二嫂，那你说咋办？

赵秋英：我心里也没底，不过你也别担心，你二哥进城了。

红裙：去叫他们回来？

赵秋英点了点头。她们一起往离开越来越远的河岸看着，红裙的目光里有着许多的期待。

＃·黄河对岸

渡船开过来。红裙把船停靠在岸边。赵秋英往岸上搬车子。

红裙：小军，起来。

小军应了一声，翻身又睡了。红裙下到船舱里探腰从河里掬一捧水，一下子泼在小军的脸上。小军一个激灵坐了起来：下雨了，下雨了……

红裙咯咯地笑了起来：下星星了，起来，把船开回去。

小军起身伸着懒腰：你弄啥去？

红裙:我去高集办点事儿。

红裙说着,帮赵秋英把驮筐抬下船去。

#·面包车内

民警甲开车沿着县城的街道走着。陈世前和李天成都在车里坐着,隔着车窗往外瞅着。

李天成:停,停。

警车停下来。

李天成伸手指着窗外:那不是吗?

陈世前他们朝前看去。

#·县委门口

县委门前许多人围着村里来上访的车辆。

#·面包车内

李天成:退回去,退到背街里去。

民警甲和陈世前都不解地看着李天成。

陈世前:退回去?

李天成看了陈世前一眼:咱把丑话说在前面,你也别生气。

陈世前:你说你说。

李天成:这事儿是你管还是我管?

陈世前:当然你管。

李天成:你要让我管,我就给你管好,管漂亮。可有一点,你别露面,也别插手,就在这儿等着。

陈世前不耐烦地:好好,小陈,退到背街里去。

民警甲往后倒车。

＃・县委大门前

几辆三轮车停在了县委大院的门两边，来告状的村民有的坐在车上，有的站在车边。锅底和新民正在大门边给门卫讲理。

门卫：你们应该去信访办，到这儿找谁？

锅底：找县委书记，找县长。

门卫：上访不去信访办，跑这儿干啥？

正说着，有一辆小车开过来。门卫不再理他们，指挥小车开过去。

新民：咋办？

锅底：等会儿。

新民：等会儿再不让咱进哩？

锅底：把大门给他堵上！

＃・街边

街边有几家卖小吃的。其中有一家卖胡辣汤的摊子，一家卖烧饼的摊子。李天成骑车过来，下车把车子支住，他用衣襟擦了一把汗：汤还有多少？

卖汤的：这一锅刚动头。

李天成：能盛多少碗？

卖汤的：四五十碗吧。

李天成：别卖了，我全要了。

卖汤的：全要了？

李天成：对，你跟我一块儿把汤送到县委大门口。

卖汤的：好好。

李天成对正在打烧饼的老板：把你那烧饼收拾收拾，用个篮子扤着，我全要了。

卖烧饼的：好好。

＃·街道

一辆轿车开过来。

＃·行驶的车内

吕怀朴坐在车内，通过车窗，可以看到两边的街道。

车开到了县委大门前，吕怀朴看到了停在大门前围看的人：停一停。

司机把车停在路边。

＃·县委大门前

吕怀朴从车里下来，小车开进县委大门。吕怀朴来到围看的人群里，他看到了三轮车上的横标。三轮车上横标的特写。

吕怀朴走到锅底和新民的身边：你们反映什么问题？

锅底：支书的问题。

吕怀朴：支书怎么了？

锅底：贪污。

新民：还搞女人。

吕怀朴：叫什么名字？

新民：李来望……哎，你是干啥的？

吕怀朴笑了一下：老师。

新民：你又管不了，问这干啥？忙你的去吧。

吕怀朴：说说看，拿不准我还能帮你出点主意。

新民正要说，锅底把他叫住了：新民。

新民不再跟吕怀朴说话，跟着锅底走到三轮车前：咋，说重了？

锅底：你认识他？

新民看了吕怀朴一眼：不认识。

锅底：不认识就别瞎说。

新民：他要是县长，那不是正好吗？

锅底：你做梦吧。

吕怀朴远远地看着他们，然后走进了县委大门。

＃·走廊

长长的走廊，吕怀朴走过来，他走到一个门前停住了，伸手敲了敲门。屋里传来县委书记的声音。县委书记画外音：进来。

吕怀朴推门进去。

＃·县委书记办公室

县委书记正在接电话：嗯……嗯……

吕怀朴推门进来，书记示意他坐下。吕怀朴在一边的沙发上坐了下来。

县委书记：好……好……就这样定……

县委书记说完放下电话，走过来，握住吕怀朴的手，热情地：坐坐。

吕怀朴坐下，县委书记给吕怀朴倒水：看到上访的了？

吕怀朴：看到了。

县委书记把茶放在吕怀朴的面前。桌子上的电话铃响了，县委书记拿起电话。

县委书记：喂……

电话里的声音：刘书记，我是保卫科的王东，上访的村民用三轮车把大门堵住了。

县委书记：你先想办法让他们把车挪开，不要把事情搞僵了。

县委书记放下电话:你还没到任,他们就先给你出了一道难题。

吕怀朴:题既然出来了,就去答个试试。

县委书记站起来:走。

#·县委大门前

县委门前围着许多观看的人。几辆三轮横在了大门前,村民们都站在车边。有两辆小车开过来,被挡住了。保卫科长匆匆地赶来:哎,你们谁是头儿?

新民指着众人:我们都是头儿。

保卫科长:堵门也不是解决问题的办法。

锅底:啥是办法?给你们商量好几回了,咋,县委书记见不得?

保卫科长:你们先把车子挪开,别耽误正常办公,咱们有事儿好商量。

新民:没啥好商量的,我们要见县委书记。

保卫科长:见书记可以,你们先把车挪开。

新民:不见书记,我们就不挪。

保卫科长:你们这是犯法知道吗?

锅底:犯什么法?减轻农民负担,中央都有文件。

保卫科长:这和那是两码事儿,你们用车堵着县委大门,就是冲击县委机关,你们要不挪,我们就和公安局的联系,让他们来处理你们!

锅底:我们又不是吓大的,既然来了,就啥都不怕。

保卫科长:那好吧。

保卫科长说完往回走。县委书记和吕怀朴从县委院里走出来。

正在往里走的保卫科长看到他们,忙迎上去:刘书记……

县委书记伸手止住他,县委书记正要朝上访的村民走过去,这时人群后面突然传来了李天成的声音:让让,让让!

围观的人让开一条路。

李天成仍然高声地喊着:让让,大伙让让!

李天成推着车子走进来,卖烧饼和卖汤的跟在他的后面。

卖烧饼的扤着一篮子烧饼,卖汤的推着三轮,三轮上放着一锅胡辣汤,一桶清水,几摞碗和一些调羹。新民看到了李天成,用胳膊碰了碰锅底:二哥。

锅底有些不屑地看着李天成。

县委书记和吕怀朴对视了一下,看着事态的发展。

李天成推着车子走进人群里,把车子往空地里一扎,对卖汤和卖烧饼往一边指了指:你们先到大门西边等着。

卖烧饼和卖汤的往大门西边走去。

新民:二哥,你咋来了?

李天成大声地:你们上访有功,给咱黄湾村扬名,我能不来慰问慰问你们?

新民:二哥……

李天成不理他,他看着几辆堵在大门前的三轮车:把大门都堵上了?堵得好。

李天成把身边的村民看了一遍:咋,咱黄湾村的人就这样不讲理?

李天成停顿了一下,又看着锅底和新民:要是有人用车把恁家的大门堵上,恁愿意吗?

锅底不满地:哎,二哥,你是来给我们上课的?

李天成不理他,又去看着众村民:都说说,要是有人把恁家的门堵上,恁愿意吗?这不是欺负人吗?

锅底有些尴尬,他又要说什么,被新民拉住了。

李天成指着县委大门:这是谁家的大门?咱这是来欺负自己的政府!咱有灾有难的时候,是谁给咱送粮送款?都忘了?都拍拍自己的胸口,吃没吃过政府的救济粮?花没有花过政府的救济款?新民,你说,吃过没有?

新民:吃过。

李天成对陈保卫:保卫,你吃过没有?

陈保卫:吃过。

李天成:你给我说说,政府是啥?

陈保卫摇了摇头。

李天成又对李公社:公社,你说说,政府是啥?

李公社摇了摇头。

李天成高声地:政府是爹,政府是娘!咱困难的时候给吃给穿不是爹娘?哪有孩子这样来欺负自己的爹娘哩?这事儿传出去丢不丢人?锅底,你说,丢不丢人?

锅底不语。

李天成:逢年过节你们还走不走亲戚?人家问起来咱脸上还怪有光彩?有啥事不能好好说,非要堵门?

众人不语。

李天成:都站着干啥?还不把车挪了?

新民:挪车挪车。

新民、陈保卫、李公社、村民甲、乙等人上来往大门的一边挪车儿,锅底和几个村民来推靠边的一辆,陈保卫一不小心踩住了他的鞋,锅底先用赤脚踢了一下陈保卫的屁股,然后回来穿鞋。

锅底没好气地:这货,饿了不是?

众人把堵在大门前的三轮车都推到了大门的西边。

李天成走到卖汤的面前:看到没有,这些都是,一人一碗。

卖汤的:好的,一人一碗。

卖汤的开始盛汤。李天成走到卖烧饼的面前,伸手从篮子里拿了一个烧饼,咬一口边吃边对众人说话。

李天成:一碗汤两烧饼,先垫垫,多了没有,人人都有份,要吃快点吃呀,过了这个村就没有这个店。

众人纷纷过去接汤,拿烧饼,吃了起来。

大门边,保卫科长看着那一片吃饭的人,吩咐身边的门卫。

保卫科长:怎么在这儿卖饭?乱哄哄的。让他们走开。

县委书记:别性急,人家不刚把车挪开吗。

李天成咬一口烧饼,眼睛的余光注意着大门边。他看到县委书记回身往大门里走,吕怀朴跟进去。

＃・传达室内

县委书记和吕怀朴走进来。通过传达室里的窗子,可以清楚地看到大门外边吃饭的村民。县委书记和吕怀朴坐下来。县委书记掏烟递给吕怀朴一根,吕怀朴对他摆了摆手。

＃・县委大门一边

村民蹲的蹲站的站,都在那儿吃饭。好多人都围在那里看。李天成放下饭碗站了起来,双手拱拳,对围看的人们作揖:城里诸位老少爷们,我们农民吃饭样子难看,没啥好瞧的,别耽误大家的工夫,你们城里人不是说,时间就是金钱吗?要是为了看我们吃饭耽误你们挣钱,那俺心里可都过意不去了。都去忙吧。

围看的众人纷纷离开。

村民甲:这汤好喝。

李公社:比挨打的味强。

陈保卫:哎,二哥,这饭钱是村里出的?

锅底:村里会屙这泡粗屎?

李公社:二哥,你掏的腰包?

新民:肯定是,二哥这人我知道,自己宁愿喝稀的,也让别人吃稠的。

陈保卫:咱村谁盖两层洋楼了?只有二哥。这饭,换换人就管不起。

李公社:就是,一样的地,二哥种大棚菜一年就能挣几万,咱弄的啥?和他比,只有跳黄河了。

新民:二哥,你要干支书就好了。

李天成:咋,想政变?一碗汤两烧饼就把你们给打发了?

新民:你的为人谁不知道,你要是能当支书,准能干好。

李天成:我是干支书的料? 看我这个,穿三穿还摸不着蚂蚁蛋。

众人哄的一下都笑了。

陈保卫:哎,二哥,昨天见你还好好的,今个门牙咋就没了?

所有吃饭的人都停下来看着李天成。

李天成放下碗,用手摸了一下自己掉了的门牙,然后冷着脸,用手一个个地点着他们:我知道你们心里都想啥,都想吃大户,是不是? 现在你们心里舒服了,一人喝我一碗汤,吃我两个烧饼……

李天成说着又用手指着自己掉了的门牙:我这门牙就是让你们吃掉的!

众人又哄的一下笑。

李天成:笑……

众人都停下来,看着李天成。

李天成:我给你们说,下一回再想这样好事,没有了! 我的钱也不从天上掉下来的,也不是在路边拾的,是我身上的汗珠子一滴滴地换的……

李天成还没有说完,锅底把手里的碗"噌"的一下放在地上,从兜里掏出一块钱来,走到卖汤的面前:哎,这是我的饭钱,你们两个分了。

锅底说完把钱丢在卖汤人的钱箱里,锅底看了李天成一眼:哼,我才不占别人的便宜呢!

锅底说完走回去。李天成看着他。

李天成淡淡地笑一下:火气还不小呢。

李天成对大伙:还有谁愿意自己掏?

众人坐在那里,面面相觑,没有谁动。

李天成:新民,吃好没有?

新民:吃好了。

李天成指着三轮车上打着的横标:还不上去把标语取下来。

新民看着锅底:去不去?

锅底:不去!

李天成:锅底,我知道你咽不下这口气,你不就是想说媳妇吗?

你这样闹，人家的闺女就跑到你堂屋当门里去了？

锅底：你也这样看我？要这样，我宁愿打寡汉！

李天成：我知道，你是想给村里的老少爷们讨个说法……

李天成口气缓和地：可也不是你这个讨法！啥事儿在村里解决不了，还跑到这里来？

锅底：那你说咋弄？

李天成：我说没长脑子！先回去，回去再说。

李天成说完不理他，对新民摆手：新民，还站那儿干啥？去掉去掉。

新民和几个村民爬上三轮，把挂在车上的标语都去了下来。

李天成对众人：谁还留在城里办事儿？不办事儿就走，村里的事儿回去再说！

众人纷纷上车。李天成推车往街里走。

锅底：二哥，你不走？

李天成：走，等我一会儿。

李天成说完骑上车子，往街里去。

＃・传达室内

县委书记把目光从窗子上收回来：这人是块材料。

吕怀朴：在村里一定很有威信。

＃・县委大门一边

新民拉了锅底一下，他们来到三轮车的另一边：这就算了？

锅底：回去封他的账！

新民：二哥说的？

锅底：我说的。

＃·一条小街

面包警车在路边停着，陈世前站在小街口，正往街里窃望。

李天成骑车匆匆从街里过来。

陈世前看到了李天成，忙回过身来，走到车边。

李天成骑车过来，下车。陈世前回过头来，装着才看到李天成的样子：天成……咋样？

李天成：妥了，正准备回去哩。

陈世前：还是天成有办法。哎，天成，走，咱找个地方吃饭。

李天成：你们吃吧。

陈世前：天都这个时候了。

李天成：我跟他们一块儿回去。

陈世前：也好，那我们去了。

陈世前说着上车，民警甲开车离去。

李天成对着开走的车朝地上吐了一口吐沫：请功去吧！

李天成说着从兜里掏出吃剩的半截烧饼，恶狠狠地咬了一口，一边吃一边嘟囔：汤五角，烧饼四角，一人就吃下了我九角，平时我自己也舍不得喝一碗汤呢……

李天成说着，把车子调过头来，上车。可刚蹬了一下，车链掉了下来。他下来，把烧饼咬在嘴里，从路边拾起一根小棍，把掉了的车链上好，这才把烧饼从嘴里拿掉，又咬了一口，边吃边上车。他上车蹬了一圈又下来，一手扶着车把，用脚朝后轮的车轴上踢了两下，晃了晃，又骑上，朝街里去。

＃·县委书记办公室

县委书记和吕怀朴正在谈话：车子我已经给你安排好了。

吕怀朴：还是我自己搭车去吧。

县委书记：哎，你是市党校下来挂职的干部，怎么好让你自己去？

＃·县城街道

几辆三轮车依次开过来。

＃·乡镇医院、妇产科

一个女医生刚给红裙检查完，红裙从手术床上下来。

女医生：例假过了多少天了？

红裙：十来天了。

女医生：以前例假正常吗？

红裙：正常，这都过了十天了，是不是怀孕了？

女医生：不是，是月经不调。

红裙：哦……

女医生：我给你开点药吧。

红裙点头。女医生在桌子前坐下来。

＃·乡村公路

三轮车行驶在乡村公路上。锅底戴着墨镜，开着最后一辆三轮，李天成和新民、陈保卫、李公社、村民甲、乙等人在车上坐着。走在后面的三轮车突然熄了火，三轮车在路边停了下来。

李天成：咋了？

锅底：不知道。

李天成：新民，看看咋回事。

锅底从驾驶座上下来，新民也从三轮车上跳下来，检查三轮车的机器。李天成和车上的几个村民也都从车上下来，几个村民到公路边的庄稼地里去解手。

李天成从地里回来：哪儿坏了？

新民用拿家伙的手擦一下额头：还没找着毛病呢。

李天成回头招呼锅底：锅底，你来。

锅底一边摘下墨镜，一边来到李天成身边：也不是我说你，带着这些人往城里跑啥？没听说冤死不告状？上访的人多了，有的比你跑得还远，去市里、省里、北京，能告赢吗？你说啥人家就信啥？人家还要证据。

锅底：要证据好说，我回去就封他的账！

李天成看了他一眼，有用意地：说得容易，封了账谁给你算？你能抬到镇里让镇长给你算？

锅底：我就抬到镇里，找镇长算。

李天成：你能，不知道镇长给支书啥关系？

锅底：我不讲他啥关系，他不算我就不交统筹款。

李天成：胳膊拧不过大腿，你不交，人家别来抓你，你该交多少交多少。

锅底：算不清账我就不交，我回去就封他的账。

李天成装着生气地：你咋不听人劝，越说越上劲。去吧，你回去封他的账吧！你上去把车给我卸下来。

锅底：卸就卸。

锅底一气爬上车，往下卸车，李天成接住车子。

李天成推着车子正要离开，有一辆轿车从县城的方向开过来，那辆车在他们不远的地方停了下来。吕怀朴从车上下来，来到他们身边：怎么不走了？

锅底：车坏了。

新民认出了吕怀朴：是你呀，我说你不像老师……

吕怀朴微笑：我怎么不像老师？

新民：有老师坐小车的吗？

吕怀朴：老师就不能坐小车了？

吕怀朴说着走过来，向李天成伸出手来，李天成不情愿地伸出手，但他没有和吕怀朴握手。

李天成：我这手可是脏呀。

吕怀朴：有毒？

李天成：有牛粪。

吕怀朴：有牛粪我不怕。

吕怀朴和李天成握手：我在县委门口听过你的演讲。

李天成：演讲……那就叫演讲？

吕怀朴：很精彩。你贵姓？

李天成：姓李。

吕怀朴：李天成，对不对？

李天成意外地：你咋知道我的名字？

吕怀朴：哎，黄湾村有名的种菜大王，远近闻名，谁不知道？

李天成：我没有见过你。

吕怀朴：我叫吕怀朴，刚从市党校下来，想做点社会调查，我想和你谈谈，不知道你有没有时间。

新民：他可是个忙人，三个塑料大棚，活都在菜地里等着他呢。

吕怀朴：那我就跟你去菜地，菜地离这儿远吗？

新民：不远，顺着这条路往前就到了。

李天成冷冷地：你看清了……

李天成伸手指了指那条土路：这条小路小车可过不去。

吕怀朴笑了笑：你能走过去，我也能，只要你不嫌我碍事。

李天成：你是个大学问家，请还请不来呢，走吧。

吕怀朴：我去安排一下。

吕怀朴说完朝小车边走去，李天成看他一眼，自己推着车子朝小路走去。

新民：哎，二哥，你咋不等着人家？

李天成：他想去，就跟着。

李天成说完又走。

＃·田间小路

阳光下的田野,不远处可见油田里的提油机正在工作。

李天成正推着车子,吕怀朴肩上挂着一个包,气喘吁吁地跑过来:哎……

李天成停住,回头看着他。

吕怀朴:不是说好一块儿走的吗?

李天成:我以为你开玩笑呢。

吕怀朴:怎么,信不过我?

李天成笑了笑:这可是你自己说的,我要是不等你,早没影了。

吕怀朴:就是就是。

两个人说着往前走,边走边说:群众上访反映支书的问题……

李天成看了他一眼:你就调查这?

吕怀朴:随便聊聊。哎……

吕怀朴把肩上的提包递给李天成:我去解个手。

吕怀朴说着往玉米地里走去。

李天成自言自语:哼,假正经……

李天成说着,他把吕怀朴的提兜放在了小路上,自己骑着车子沿着小路走了。可是还没骑多远,车链子又掉了,李天成下车,他回头看一眼,气恼地朝车子踢了一脚。

＃·乡村公路

新民把修好的机器摇开,锅底戴上墨镜,又坐在驾驶台上。新民小声地:二哥走了也好,万一出了事儿有他呢。新民说着爬上车。

车开动:回去封账都得去,谁不去谁是孬孙!

车上的众人响应:好!

♯·田野

吕怀朴从地里出来,却看不到李天成,他忙跑到路上,只见他的小包在小路上放着,他抬头看,李天成在远处蹲着,正给车子上链子。

吕怀朴自言自语:怪人!

吕怀朴说完,自己提起挂包,沿着李天成的方向走过去。

吕怀朴来到跟前。李天成正在上链子,可是他老上不去,弄了两手油。他不看吕怀朴,站起来想找一个小棍什么的,可是没有。他拔了一棵草秆,又在车子边蹲下来,可是用了一下,草秆就断了。

吕怀朴从包里掏出一杆圆珠笔来,递给李天成:用这试试。

李天成回头看了吕怀朴一眼,接过笔,两下就把卡着的链子去掉,上好了。李天成走到路边的地里蹲下来,挖一把土洗手上的油,洗完后把圆珠笔在自己的衣服上擦了擦,递给了吕怀朴。

吕怀朴仍在观察着他。他伸手接过圆珠笔,看了看:也不说谢谢?

李天成看了他一眼:谢啥,上不上我扛着走。

吕怀朴:链子要是不掉,你就把我一个人丢这了?

李天成:没见过你这一号哩……

李天成说着伸手指了指前后:前后没一个瞎鬼,尿个泡还跑到地里去,我没工夫等你。

吕怀朴笑了:痛快,时间就是金钱。

李天成不好意思地笑了笑。他推起车子往前走,吕怀朴跟上。

李天成:我一地的活,哪有空说闲话。

吕怀朴:你今天咋有空进城了?

李天成笑了笑:又开始搞调查了?我说老弟,你这个查法不中,查不出来啥东西。

李天成停下来,用手指着自己的豁牙:看见没有?昨天我这牙还好好的，今天早起就磕掉了。

吕怀朴：咋回事儿？

李天成：他先把你家的狗药死，夜里再去偷你的，你听到动静起来追人，刚一出门，就被他事先绑在门口的绳子绊倒了，这牙正好磕到他丢的砖头上。这你能查出来吗？你富不能富，穷了才光荣！

吕怀朴：我看并不是穷了光荣，而是像你这样的富裕户太少。

李天成看着吕怀朴。

吕怀朴：如果你们村里像你一样盖楼的不是一家呢？

李天成有些意外地看着吕怀朴。

李天成：你咋知道我盖楼了？

吕怀朴：我虽说查不出什么，但我会算。你们村里就你自己盖了两层小楼，对不对？如果你村里盖楼的不是你一家，而是十家，二十家，那你这牙就不会掉了，那就不是富了不好了，而是穷了不好。

李天成有些激动：说得在理。

吕怀朴：就为这句话，不请我到你菜地里去看看？

李天成有些不好意思地笑了笑：走，我带着你走。

吕怀朴：能带吗？

李天成：没事，你看我瘦是吧？有劲着呢，进城卖菜，每次都带二百多斤。

李天成说着骑上了车，吕怀朴跟上，坐在了后架上。李天成骑车沿着乡间的小路往前走去。

♯・村街

三轮车沿着村街开过来。新民一边开车一边回头问锅底：咋弄？

锅底：开到他家门口去。

新民把车拐向一条胡同。

♯ · 大棚菜地

瓜棚下，赵秋英正在忙着整菜，李天成推车和吕怀朴走过来。

李天成：这是你嫂子。

吕怀朴微笑：你好。

赵秋英笑了笑。

李天成支住车子：这是市党校的吕老师。

赵秋英又笑了笑。

李天成：你回去吧，吕老师今儿在咱这儿吃饭。

吕怀朴：不麻烦，我去镇里吧。

李天成：农家饭吃不惯？又不给你做七个盘子八个碗。让你嫂子烙个饼，下碗面条，家常便饭。

吕怀朴：好吧。哎，嫂子，有咸菜吗？

赵秋英：有，这是他的饭。

李天成：别忘了把车子给新民家送去。

赵秋英：知道了。

赵秋英推车上路，走出他们的视线。

吕怀朴：嫂子是个勤快人。

李天成：跟我结了婚，没享过一天福。当初说媒的时候，不知道多少人打破劲儿，说我家里穷，说我走路架势懒，你看我这腿，走路裤裆里能夹条狗。就这，你嫂子就没有嫌弃我，鲜花插到牛粪上。

吕怀朴：有了牛粪，花儿才开得鲜亮。

李天成：这话好听。

♯ · 陈世超家大门前

三轮车开过来，在大门前停住。锅底、新民他们从车上下来，锅底推开大门，一条狗上来汪叫，被锅底一脚踢出了好远，那狗夹着尾巴跑一边去了。陈世超嘴里叼着烟从屋里出来,他抬头一看,愣住了,他看那群人一脸的杀气,自己先软了下来。

陈世超:锅底,你这是干啥?

锅底:我们来拿账。

陈世超:啥账?

新民:你推迷不是?村里的账!

陈世超:村里的账都在支书家。

锅底:你骗谁?你是会计,账咋会在支书家?

陈世超:每年结了账,都送到支书那,年年都是这。说起来你们不信,我这个会计,瞎干了。不摸钱,到最后连账都不摸,都在支书家的箱子里锁着。

锅底:真的?

陈世超:谁哄你是个恁大的鳖。

陈世超说着用手比画了一下。

锅底:比画啥,账在他那儿,票据在你这。

锅底一挥手,新民几个就涌进屋里去。

陈世超:哎……

陈世超想上前拦,被锅底一把抓住。

陈世超:你们这是犯法!

锅底:你贪污就不犯法?

陈世超:我告你!

锅底:等一会儿把账找出来,想上哪儿告上哪儿告!

#·李来望家大门前

三轮车开过来,在大门前停住。锅底他们从车上跳下来,陈世超也从车上跳了下来。锅底推了陈世超一下:走。

陈世超瞪着锅底:你少给我动手动脚。

锅底:你今天嘴硬我凑你!

新民手里提着摇把过来，拉住了锅底：来干啥了？走走。

新民推着陈世超往李来望家的院里走去。一群人跟了过去。

＃・李来望家、院内

胡香云正在院里做针线，一看突然过来了许多人，忙起来。

新民：支书哩？

胡香云：去镇里了。有事儿？

新民：算账。

胡香云：这不是会计，算账找他。

锅底：村里的账本都在你家的箱子里，拿出来。

胡香云：要拿也得等他回来呀。

锅底：我们不等。

锅底挥手：走。

说完，锅底带头就往屋里走。

胡香云上前拦住：哎……

锅底一下抓住她，把她也推到屋里去。

＃・李来望家、屋内

锅底一帮人带着胡香云走进屋里，锅底放开胡香云：你别怕，我们就要那个装账的箱了。

胡香云：你这不是抢吗？

锅底：抢？账本是公家的，放到你家里就是你的了？再说，一人为私，二人为公，我们这一大帮人，会计也在这儿，能算抢？

胡香云：我不知道。

锅底问陈世超：哪个箱子？

陈世超指着墙边的一个木箱。

锅底：抬过来。

陈保卫、李公社过去把那只箱子抬过来，箱子被一把锁锁着。

锅底：钥匙呢？

胡香云：不知道。

锅底对陈世超：你！

陈世超：我也不知道。

锅底：新民，撬！

新民把摇把放进锁里，只一下，就把锁撬开了。新民打开箱子，箱子里装的全是账本：就是这。

锅底：抬走。

陈保卫、李公社抬起箱子往外走，一帮人都跟着走出去。

#·李来望家大门前

锅底、新民在前，众人跟着抬箱子的人走出来。

胡香云突然从大门里跑出来，她一边跑一边叫喊起来：来人呀，快来人呀，有人抢东西了……

锅底不理她，对新民：摇车。

新民摇开机器，又顺手把摇把递给了锅底，然后开车调头。

胡香云仍在喊叫。

新民：上哪儿？

锅底：去镇里！

众人把箱子抬到三轮车上，一帮人也都上了车。新民把车开出了胡同。

陈世超朝开走的三轮吐了一口吐沫。

#·丁字路口

那辆送吕怀朴的轿车开过来，正准备拐下土路，新民开着三轮车从村路上开过来，车后荡起了尘土。

李来望从轿车上下来，看着三轮从村道上开过来。李来望对开车的新民摆了摆手。新民把车停在路边，李来望走过去，最后盯着锅底看。

锅底：看啥，不认识？

李来望：你二哥哩？

锅底：不知道。

李来望不再说话，沿着那辆三轮转了一圈，然后什么也没说，走到轿车边，开门进去，轿车拐上土路，朝村里开去。

新民：看他神气哩。

锅底拍了拍车里的箱子：神气吧，咱走。

三轮车沿着公路朝前开去。

#·行驶的车内

轿车顺着村路开着，从车窗里可以看到陈世超匆匆地骑车过来。

李来望：停一下。

车停，李来望摇下玻璃：世超。

陈世超慌忙从车上下来：锅底带人把账箱抢走了。

李来望回头看了一下：就前面的三轮车上？

陈世超：是。

李来望伸手拍了一下在前面坐着的赵秘书：我就不去了。

李来望开门下车，轿车开走。

李来望从陈世超手里接过车子：你回去吧。

李来望骑车往前走，走了两步又下来：单据呢？

陈世超：也弄走了。

李来望：有多少白条？

李世亮：六万多。那白条可都是你签的字。

李来望：我签的字咋了？你没吃？

李来望不再理陈世超，他骑上车就走。陈世超站在那里，愣愣地看着他走远。

♯·大棚菜地

李天成一边在菜地里干活，一边和吕怀朴说话。

吕怀朴：这几年我跑了许多村子，有些村里宗族势力很大，要想当支书，就得是大户，不然，你就干不成。

李天成：俺村也是，你想入党都入不了。

吕怀朴：为什么？

李天成：明摆着，不是他的人。你提点建议，他说你捣蛋。其实我入党啥也没想，就想知道党的富民政策。当时我琢磨着，我要是入了党，就能参加党员会，能参加党员会，就能听到上面的精神，就有发言权，我就能提建议。

吕怀朴：哎，打个比方，要是让你干支书，你怎么干？

李天成：三件事儿。第一，群众理财。第二，自己吃亏，做事公平。最重要的你得想法领着群众挣钱。当村支书，你光不吃不喝就行了？村里人穷得叮当响，你再廉政能咋着？你不领着群众致富，照样有罪！

吕怀朴点头称是：你是哪一年搞大棚的？

李天成：濮阳油田开发那会儿。

吕怀朴：哦，你是怎样想起来干塑料大棚的？

李天成：看行情呗。刚分地的时候，群众饿怕了，都种粮食，你种麦，我种麦，一亩地多打二百斤，又能多卖几个钱？濮阳离这儿近，那个时候刚划市，再加上油田开发，人多，我就琢磨着种菜。

吕怀朴：几个大棚，你和嫂子能忙过来？

李天成：忙的时候，请几个亲戚过来。这些年，我没睡过囫囵觉，天不亮四点就起来，进城卖菜。天黑了还点着蜡烛在大棚里除草。吕老师，不怕你笑话，我是穷怕了，小时候没穿过袜子，睡觉滚草窝。

＃·大棚外

赵秋英骑着车子过来，她下了车，车子还没扎稳，就叫了起来：天成，天成……

李天成闻声从菜棚的门洞里钻起来，吕怀朴手里拿着一把草跟在后面。

李天成：又出啥事儿了？

赵秋英：回去看看吧，锅底带人到支书家抢账箱子去了。

李天成：抢走了？

赵秋英：我还没有进村呢，就碰上老伦叔。

李天成偷看了吕怀朴一眼：这个锅底……

李天成从赵秋英手里接过车子，掂起调过头来：吕老师，我回村看看。

李天成说着就上了车。

吕怀朴：等一等。

李天成停车，一腿支地，回头看着吕怀朴。

吕怀朴：我跟你一块儿。

吕怀朴说着从大棚的小门里钻进去，片刻取来他的挂包。

吕怀朴：走吧。

李天成骑车，吕怀朴坐上了车。他们沿着土路朝村里走去。

＃·镇政府内

镇政府的大门两边挂着几个牌子，其中一个上面写着：濮阳县河通镇人民政府。三轮车开进镇政府，停住，锅底他们把箱子从三轮车上抬下来。

新民：咋弄？

锅底：找镇长。陈保卫、李公社抬着箱子，一群人跟在后面朝后院走去。

＃·镇委后院

锅底一群人抬着账箱子走过来，有一个青年人从一间屋里走出来，拦住他们：哎，你们找谁？

锅底：孙镇长。

青年：找镇长有事儿？

锅底：算账。

青年：找镇长算啥账？

锅底：我们是黄湾村的，给村里算账。

青年：哦……镇长正在开会儿，你们先去办公室等一会儿。

锅底：咱丑话说在前面，不见镇长我们不走。

青年：你放心，今天新书记来上任，他哪也不去。

锅底：走。

陈保卫、李公社抬起箱子跟着锅底往办公室走去，众人都跟在后面。

＃·村街、锅底家门前

李天成推着车和吕怀朴一块匆匆地走来。

那辆轿车迎面开过来，在他们面前不远的地方停下来。赵秘书从车里下来，匆忙过来，他越过李天成，走到吕怀朴的面前，握住了吕怀朴的手。

赵秘书：吕书记……

李天成意外地看着吕怀朴：你不是老师？

赵秘书：这是咱新来的党委吕书记。

吕怀朴笑了笑：吕怀朴。

赵秘书：知道你今天来，几大班子领导都在镇里等你呢，孙镇长特意让我来接你。

这时天成娘匆忙走出门来,边走边喊着:天成,天成呀……

李天成:妈。

天成娘焦急地:锅底领人抬着账箱子进镇了。

李天成:啥时候?

天成娘:多会了。

吕怀朴:天成,既然这样,我们一块儿过去?

李天成笑了笑:晕车,一会儿我骑车去。

吕怀朴:好吧。

吕怀朴上车,轿车开动。吕怀朴和李天成摆手告别。李天成站在那里,看着轿车沿着村路开远,思索着。

天成娘:说不定锅底又会闯出祸来了。

李天成:村里账不算也不中。

李天成说着往家走。

♯·李天成家、院内

李天成推门进来,一条狗汪叫着朝他扑过来,但那条狗的脖子上套着一根绳子,还没扑到李天成的身边,就被绳子拉住了。李天成吓得连连后退,又退到大门边。

李海燕从屋里跑出来:狗。

那狗停下来,回到它卧的地方去。

李天成走进来:谁弄的狗?

李海燕:俺妈。

李天成:你妈从哪儿弄的?

李海燕:从俺三舅家牵回来的,给咱看家。

李天成:哦……

＃·孙镇长办公室

李来望推门进来，急地：孙镇长，孙镇长……

孙镇长闻声从套间里出来。

李来望：反了，反了……

孙镇长冷冷地：老毛病又犯了，激动啥？

孙镇长在沙发上坐了下来：啥事儿，慢慢说。

李来望：大白天，锅底竟敢带着一帮人去我家抢东西！

孙镇长：抢啥了？

李来望：村里的账本。

孙镇长严肃地：你给我说实话，村里的账到底有没有问题？

李来望：没有，一点问题都没有。

孙镇长：那你紧张个啥？

李来望：他这不是欺负人吗？

孙镇长：何止欺负人，犯着法呢。

李来望：把他们一个个都抓起来，打打他们的兴头！

孙镇长：抓，你就会抓，你就不会留一手，到关键时候用？你就是那榆木脑袋！你说，给我添的乱子还少？一早几十个人就进城去上访。现在又来了一帮子算账的……

李来望：我咋会知道他们去抬箱子。

孙镇长：要知道尿床，你还一夜不睡觉呢。哎，吕书记呢？

李来望：赵秘书去接了。

孙镇长：你呀……

他们正说着，赵秘书推门进来：孙镇长，吕书记到了。

孙镇长：在哪儿？

赵秘书：在办公室。

孙镇长：知道了，你先过去招呼一下，我一会儿就到。

赵秘书刚走到门口，又被孙镇长叫住了：哎，你先给中学的黄校长打个电话,让他下午抽五个数学老师来,一人带一盘算盘。

赵秘书:好。

赵秘书说着走出去。

李来望:带算盘干啥?

孙镇长:帮你算账。

李来望:这个时候算账,不是打我的脸吗?

孙镇长:你以为我不给你算,新来的吕书记就不给你算了?

李来望:我这个支书没法干了。

孙镇长:没法干你就撂挑子。

李来望:撂挑子? 那统筹款还收不收?

孙镇长:不是有吕书记吗,让他找人收,先伸伸他的劲!

· 办公室内

锅底、新民他们一群人正在和吕书记说话,不知谁说了什么,一帮人正笑着。孙镇长和几个干部走进来。

孙镇长:吕书记……

孙镇长走到吕书记面前,跟他握手。

孙镇长:还记得我吗? 我在市党校学习的时候,还听过你的课呢,按说,你还是我的老师呢。

吕怀朴:老师不敢当。

吕怀朴说着指着身边的锅底他们:老师都在这儿呢。

众人都笑了。

孙镇长:账的事儿你们放心,我已经给你们安排好了,下午中学里过来五名老师。

锅底:谢谢孙镇长。

孙镇长:谢什么? 应该做的。哎,吕书记,先去我办公室吧。

吕怀朴:都这个时候了,我们还是先吃饭吧?

孙镇长:好好。

吕怀朴对众村民：走吧，我们一块儿去吃饭。

孙镇长意外地看着吕怀朴。

吕怀朴笑了：刚才我们都说好了，今天由我来管他们捞面条。

孙镇长：好好。

吕怀朴：咱们走吧。

新民：走。

众村民跟着吕怀朴走出去。几个干部看着孙镇长，孙镇长脸色难看。

孙镇长气恼地：走，他请他们吃饭，我请你们吃饭！

#·饭馆里

新民、锅底几个人吃得满头大汗。

新民：吕书记，这顿饭开不开发票？

吕怀朴：放心吃吧，今天是我私人请客。

锅底站起来。

吕怀朴：锅底，吃饱呀，过了这个村可没有这个店。

锅底拍拍自己的肚子：饱了，有你这句话不吃也饱了。

众人笑。

#·镇子里的街道里

锅底从饭店里走出来，走进一家小卖铺。

红裙骑车从街的一边过来，她来到小铺前，停下，支住车子。

#·小铺里

锅底正在买烟，红裙悄悄地进来，她从后面一下捂住了锅底的眼睛。锅底站着没有动。

红裙唱:我悄悄地捂上你的眼睛,请你猜猜我是谁?

锅底把手突然背到后面,去捅红裙的肚子,红裙一下跳开了。红裙咯咯地笑了起来。

锅底:你咋跑来了?

红裙:我知道你回来了。

锅底伸手拉着她就往外走;走走,马上人都该出来了。

#·镇子里的街道里

锅底推起车子,骑上,红裙坐在他的车后,朝街的一端骑去。

#·镇边的小树林里

锅底正蹲在地上系鞋带。红裙双手按着膝盖贴近锅底的耳朵。红裙轻声地:今天我去医院了。

锅底回头看着她:查了?

红裙:医生说怀孕两个月了。

锅底一下跳起来,睁大眼睛意外地看着红裙:真的?

红裙:那还有假?你说吧,咱咋弄?

锅底:让我好好地想想。

锅底说着又在车前蹲下来,他有些心不在焉。

红裙:要不咱出去打工吧。

锅底:去哪儿?

红裙:中国这么大,哪儿不能去?

锅底:你怀着孕,我能让你跟着我去流浪?

红裙:那你也得想个办法呀。

锅底愁眉不展:这是个大事,你慌个啥……

红裙站在他的身后忍不住笑了起来。

锅底回头不解地看着她:你笑啥,别人都愁死了……

红裙笑着指着锅底:看把你吓的……

锅底站起来,愣愣地看着红裙:你是不是骗我?

锅底伸手抓红裙,一下没抓住,红裙转身就跑,锅底追上去。

锅底追上红裙,搂住她:说,真的假的。

红裙咯咯地笑着。

锅底:你说不说,不说我胳肢你。

锅底说着真的胳肢红裙。

红裙:别胳肢,我说,我说……

#·菜地、傍晚

李天成正在大棚菜地里剜芹菜,陈老伦从大棚门洞里进来:天成……

李天成停下手里的活。

陈老伦:村里广播你听见了?

李天成:听见了。

陈老伦在李天成的身边蹲下来,帮他干活:没啥想法?

李天成:人家开会,咱想啥?

陈老伦:你不是党员?你说,这个时候开党员会干啥?

李天成:不知道。

李天成又开始剜菜。

陈老伦:你心里最清楚。李来望撂挑子不干,肯定是要选新支书,我们几个党员商量着准备选你当支书。

李天成停下手里的活:你以为李来望是真撂挑子?

陈老伦:不撂挑子咋了,光白条五、六万,他能说得清?

李天成:白条也是条,人家市里有人。

陈老伦:他市里有人咋啦?他市里有人还能管住咱村里的党员?我们都选你!

李天成:选我也不干。

陈老伦一把从李天成手里夺过剜铲:天成,就光顾自己挣钱?群众都眼巴巴地看着你家的小楼,你就没看见?

李天成:我挡着不让他们干了?

陈老伦:好好……

陈老伦把手中的剜铲丢在地上,站起来:算我陈老伦没面子好不好?

陈老伦说完转身就往回走。李天成站起来,看着他。陈老伦走了两步停住,回头看着李天成:天成,你就再盖一座小楼能咋着哩?村里寡汉条子十几个,都说不上媳妇,你心里还怪是味?

陈老伦说完又走,走了两步又回过头来:都啥年月了,村里有的孩子还上不起学,你心里就这么安生?

陈老伦说完又走,走了两步站住,捶着自己的头:我陈老伦没本事,我陈老伦穷,我陈老伦脑子笨,我要是能干支书,能领着大伙往好日子上奔,我就谁也不求!

陈老伦说完钻出门洞,不见了。李天成站在那里,慢慢地蹲在地上,心事重重。

第 三 集

＃·锅底家、屋内、夜

锅底正坐着，天成娘端着馍筐走进来，把馍筐放在桌子上：别村的闺女就不行了？

锅底：妈，我的事儿你别管。

天成娘：不管？人家手里有章，就不给你开信，看你咋办。

锅底：红裙又不是他闺女。

天成娘：他是她大伯，红裙她爹听你的还是听他的？

正说着，院子里传来杂乱的脚步声。

天成娘：看看谁来了。

锅底站起来往外走：谁呀？

锅底刚走到门口，一把手电照在了他的脸上。锅底用手挡着光。

锅底：谁呀？

锅底的话音刚落，突然有几个公安上来抓住了锅底，给他戴上了手铐。

锅底：哎，干啥干啥？

公安甲：县公安局哩，你老实点！

锅底：公安局的也不能随便抓人呀？

公安甲：17 号那天上午，领头去李来望家抬箱子是不是你？

锅底：是我。

公安甲说着拿出一张纸来，递给了锅底：这是拘留证，签字吧。

锅底看着：抬的都是村里的账，算犯法？

公安甲：人家同意了吗？

天成娘哆嗦着：不过去几天的事了吗？

公安甲不理她，递给锅底一支笔。锅底接过民警递过来的笔。

锅底：签就签，又不犯杀头的罪。

锅底说完在上面签字。

公安乙：走吧。

＃・锅底家、院内、夜

几个公安带着锅底从门里出来。天成娘跟在后面。

天成娘：老天爷，天塌下来了……

＃・村街、夜

几个公安押着锅底往前走着，天成娘追出来，小跑着来到李天成家门前，用手拍着大门。

天成娘：天成，天成……

李小宁打开大门：奶……

天成娘：你爸哩？

李小宁：爸还没回来。

天成娘：快去喊你爸，你叔叫公安局里抓走了。

李小宁跑出去，沿着村街跑去。远处，锅底被押上警车，警车鸣叫着，驶出村去……

＃・锅底家、夜

天成娘正坐在屋里流泪，天成舅坐在一边吸闷烟。李天成把一碗饭放到娘的身边。

李天成：妈，你别心里不是味，吃饭吧。

天成娘把饭推到一边。

天成娘:吃不下去。

李天成:别担心,抓的又不是一个人。

李天成又把饭碗递给娘。天成娘接住。

李天成:心里放开点,又不是啥大事儿。

天成娘:这事儿还小?锅底的婚事儿人家本来就不愿意,这不越闹越生分?

李天成:这个锅底,不亏他。不知道两家有矛盾?人家几十口子拿着家伙打上门来就忘了?回来给锅底说说,不愿意就再找一家。

天成娘:你说得轻巧,锅底一门心思在红裙身上,那红裙也对他好,可就是人家爹娘不愿意。

天成舅:来中家里那个样子,房子露着天,一家人跑到河边住那两间小房子,他有啥不愿意?劲还在李来望那儿斜着呢。

天成娘:天成,你就不会帮帮锅底吗?你兄弟几个,都成家立业了,就他小哩。

他们正说着,外边传来了纷乱的脚步。

天成娘放下饭碗:天成,看看是谁。

李天成站起来,还没走到门口,春莲、公社妻和保卫爹走过来。

李天成:你们几个。

几个人进屋。

保卫爹:天成,听说你跟镇里的吕书记很熟?

李天成:没有呀。

春莲:啥没有,谁不知道你骑车带着他下地。

李天成:人家来搞社会调查。

保卫爹:调查啥?还不是调查李来望的事儿?听说你马上就要当支书了,新民他几个的事儿你得管呀。

春莲:公安局里一个人要罚几千块,上哪儿给他弄?

公社妻:天成,这事儿你得管呀。

天成娘:天成,你也说句话呀。

李天成:都别急,我明天一早就进城,看看人家公安局里到底咋说。咱回来再商量,好不好?

保卫爹:也好,咱们走吧,天成一早还要进城。

几个人说着就往外走。

天成娘:天成,送送。

李天成送几个人出来。

#·村街、锅底家门前、夜

几个人走出来。

保卫爹:别送了。

李天成:走好,天黑。

保卫爹:你回吧。

李天成看着几个人走远。天成舅一边穿衣服一边提着马灯从院子里走出来。

李天成:舅。

天成舅:你吃饭,我先去菜地里招呼着。

天成舅边说边走,他手中的马灯在村街里一晃一晃地亮。

#·天成家、屋内、夜

李天成正在吃饭。赵秋英正往提篮里装馍。

赵秋英:天成……

李天成停住咀嚼。

李天成:有话说呀,嘴里半截肚里半截。

赵秋英:真要选你当支书,咱干吗?

李天成咽了一口饭,没有说话。

赵秋英:村里的事儿不好弄,李来望市里有人还干不好呢,你能干好?

李天成不说话,他端起饭碗把碗里的稀饭喝了个精光,然后把碗放在桌子上，低头擦了一下嘴巴。

赵秋英：咱啥也不想，好好种地，把孩子养大就中。

李天成：谁不这样想？

李天成抬起头来，目光落在墙上的那根绳子上。李天成站起来，走到墙边，他伸手从墙上取下了那根绳子。他把绳子拿在手里，慢慢地转回身来，他看着妻子，抖动着手中的绳子：可他不让你安生！

李天成又在凳子上坐下来。把绳子放在桌子上：你以为你把这根绳子放起来，烧掉，你就不害怕了？你就能过安生日子了？

李天成伸手拍了一下绳子：你想错了，这根绳子在咱心里缠着……

赵秋英看着自己的丈夫：那咋弄？

李天成：办法不是没有……

赵秋英焦急地：有法你就说呗。

李天成：走，东北、新疆、海南岛，哪远去哪儿。

赵秋英：你这不瞎说吗，要去你去。

李天成：就知道你舍不得，这是你的家，你的根儿就在这儿。

赵秋英：说我，你呢？你能离了你那菜地？

李天成：还有一种办法……

李天成停顿了一下，他从桌子上拿起绳子：咱得想法把心里的这根绳子抽出来，烧掉它……

赵秋英：咋个抽法？

李天成：想法儿帮着村里家家户户盖起小楼，就成了。

赵秋英不解地看着丈夫：咋帮？把你卖了也不够盖一幢楼？

李天成：我这身肉能值几个钱？

李天成指了指自己的脑袋：值钱的东西在这里。

＃·村路、夜

田间的村路。李天成手里提着提篮，心事重重地走过来，他停住脚,慢慢地回过头来,朝来路观望。夜光下的村庄,村庄里有些光亮,时而传来几声狗叫。

李天成深深地叹了一口气。

#·菜地、夜

菜地边上的瓜棚下,陈老伦一个人坐在黑暗里吸烟,他手中的烟火偶尔在黑暗的空中移动一下。李天成走过来,他看到了移动的烟火,天成:舅。

陈老伦:是我。

李天成:老伦叔呀,我舅呢?

陈老伦:他去后面的菜地了。

李天成走到陈老伦的身边,放下提篮。陈老伦把身下的小凳子抽下来,递给李天成,李天成给他推了回去:你坐。

陈老伦也不客气,又把小凳子放在屁股下。李天成在旁边的小兜床上坐下来。

陈老伦:按说,锅底他们的事儿可大可小。就是犯法,前几天就该抓了,为啥偏偏赶到今天?明天上午就开党员会选支书哩!我不说你也明白,人家这是杀鸡给猴看。

李天成:我没说错吧,他能真撂挑子?

陈老伦噌的一下站了起来,愤世嫉俗:他不撂挑子我们也选你!

李天成:怕是你们还要白忙一场。

陈老伦:天成,你还是不想干是不是?好好,你的身子你当家,算我陈老伦贱,好不好?

陈老伦说完就走,李天成忙站起来:老伦叔……

陈老伦回过头来:不就是我陈老伦穷吗?巴结不上我不巴结,还不中?

陈老伦说完头也不回地走了,李天成往前追了两步,站住了,他看着陈老伦的身影消失在黑暗里。

李天成回到小床上坐下来，想着心事。

李天成站起来，他从提篮里拿出了那根绳子，然后挂在了棚柱子的树杈上。他慢慢地在床上躺下来，在黑暗里看着那根绳子。

这时响起脚步声，天成从床上坐起来。天成舅提着马灯走过来，他把马灯挂在瓜棚的柱子上。

天成舅：老伦走了？

李天成：走了。

天成舅：有事儿？

李天成：没事儿。

李天成说着站起来：你睡吧。

天成舅：还弄？

李天成：我把车子整整。

李天成说着，走出瓜棚。

#・李来望家、屋内、夜

李来望正坐着吸烟，胡香云从屋里出来：都是你，赌啥气？看看，人家活动着选支书的不是？

李来望：你知道蚂虾从哪头放屁？

胡香云：你知道蚂虾从哪头放屁？我看你支书下了台，还咋在村里做人。镇里的干部不干了可以换个地方，你不干了去哪儿？臭屎一堆。

李来望：你咋就知道我不干了？

胡香云：要不是我那表弟在市里给你挡着……

李来望：张口合口你表弟，没你表弟我就不当支书了？

胡香云：当？这回就让你看看。

李来望：看啥？你以为支书就这么好当，谁想当谁当？他李天成有啥威信？嗯？他不就是会种个菜吗？嗯？能死他了，挣俩钱就在村里盖楼，枪打出头鸟，村里不知道多少人眼红他呢！再说，你以为就选着他了？秦桧还有三相好的呢，我就不信我混这么赖！锅底他们不是被抓走了吗？我要让他们知道知道马王爷是几只眼！

胡香云：抓走咋了？你光白条好几万，我看你咋办！

李来望：那是我自己吃了？

胡香云：谁吃了？人家可不讲你这那！

李来望一气站了起来：你妇道人家少参政！

李来望说完气冲冲地走出门去。

#·李来望家大门外、夜

李来望拉开大门走出门来，他站在门前的空地上，朝夜色里看。

有一个人蹲在他家门前的树边吸烟。

李来望：谁？

李来中：我。

李来望：蹲那儿干啥？吓我一跳。

李来中站起来，走过来。

李来望：有事儿？

李来中：这回锅底抓起来，能判几年？

李来望：一年也不判，拘留。

李来中：那他和红裙的事儿……

李来望：都闹到这一步了，你还想和他亲戚？

李来中：不是我，红裙又哭又闹，万一出了事儿……

李来望：不给你说了吗，先把她送城里待几个月，咱二姑在床上躺着，正用人。

李来中：老待在那儿也不是戏呀，红裙大了，她的婚事儿……

李来望：你咋恁糊涂？她待在城里，时间长了不就想开了？咱老表认识那么多人，再给她找个事儿干，有了工作，找个婆家还不容易？去吧，回去安排安排，明天就去。

李来望说完，独自一人沿着胡同朝夜色里走去。

李来中：哥。

李来望站住，李来中走过去。

李来望：还有啥事儿？

李来中：听说李天成要当支书了？

李来望：这是你操的心？

李来望说完叹了一口气：唉……

李来中：哥，你心里有事儿？

李来望：你哥要是不干支书，也没有你的好日子过。

李来中：那咋弄？

李来望：咋弄啥？你也管不了，回去睡觉吧。

李来望说完又走，李来中看着他走远，恨恨地：管不了？我偏要管个试试！

＃·菜地、夜

李天成的自行车后架上两边带满了菜，装馍的提篮里放着一杆秤挂在车把上。他骑在车上，一脚支地。

天成舅站在车子后面：好没有？

李天成：好了。

天成舅使劲推车，李天成上车，紧蹬几下，车子就上了村路。

天成舅：路上安生点。

李天成：知道。

李天成骑车走远……

＃·乡村公路、夜

李天成骑车过来，又过去。

＃ · 乡村公路、小桥边、夜

李来中躲在小桥路边的黑暗处。李来中看到一辆飞马三轮开过小桥。

三轮车的灯光照到了骑车过来的李天成。

他骑车子带着菜从对面过来，车灯照在他的脸上，一晃而过。

李来中用一块黑布蒙住脸，只露出一双眼睛。他拉起一根铁丝，缠在路边的树上，那根铁丝就横在了公路的中间。

李天成骑车过来，一下子被横在空中的铁丝勒住了脖子，他连车带人一下子重重地摔倒在公路上。

李来中跑出来，扶起李天成的菜车，往前推去。

李天成挣扎着从地上爬起来，还没站稳，又倒在了地上。

李来中把李天成的车子推到小桥上，一用力，就把车子推下桥去，只听嗵的一声，那车子就落进了河水里。

李来中跑过小桥，消失在路边的树林里，不见了。

李天成忍痛爬到小桥边，挣扎着扶着桥栏杆站起来，朝桥下看了一眼。

桥下哗哗的流水声，他隐隐地看到了自己的车子。最后，他又倚着桥栏杆坐在了那里。他用手摸了一下自己的额头，摸到了一手的血。

＃ · 村庄、黎明

黎明的村庄静悄悄的，村庄的上空突然响起了从喇叭里传来的电流声，然后响起音乐。片刻，音乐停，从喇叭里传出来一个声音，村里的人们听出来，那是李来望。

李来望：喂，喂喂……

#·队部、夜

屋里亮着灯,李来望正坐在扩音器前对着话筒讲话。

李来望:现在下个通知,现在下个通知,村里的全体党员,上午八点钟,准时到村委会开会……

李来望的声音通过喇叭,在村庄的上空传荡……

#·小轿边、黎明

李天成挣扎着站起来,他摇摇晃晃地朝桥下走去。

#·桥下、黎明

李天成来到桥下,他看到了水中的自行车。李天成脱下裤子,下到水里。他拉了拉自行车,没拉动。他开始摸索着解绑菜的绳子。

菜被流水一捆一捆地冲走了,最后李天成把车子搬上了岸,但自行车的前轮已经成了麻花状,他把车子放在岸上,又回到水里去摸,摸了半天只摸着了一个秤砣。李天成把秤砣扔上了岸,又弯腰去水里洗脸。

#·村路、清晨

李天成的裤子卷着,一双鞋掖在腰带里,扛着那辆前轮像麻花一样的自行车,在路上走着。那个秤砣挂在车把上,一走一摇晃,一走一摇晃。

＃・菜地

正在菜地干活的赵秋英直起身来，她朝村路上观望。她看到李天成扛着车子沿着村路走回来，慌忙丢下手中的活，小跑着迎上去。

赵秋英：咋了？

李天成也不说话，他扛着车子走到瓜棚下，放下车子。

赵秋英把李天成腰里的鞋取下来：出事了？

李天成：咋呼啥，有吃的没有？

赵秋英从小兜床下的小篮里摸出两个鸡蛋来，磕皮。

赵秋英：看头上这块皮。给谁打架了？

李天成：自己摔的。

赵秋英：摔会摔成这样？篮子摔哪去了？秤杆摔哪儿去了？

李秋英接过妻子剥好的鸡蛋，咬一口，只顾吃，不说话。

赵秋英：碰见截路的了？

李天成：知道了还问。

赵秋英：唉，老天爷，俺到底得罪谁了？

这时李来望的声音远远地通过喇叭从村里传过来。

李来望画外音：喂喂，村里开会的党员，快点，就缺几个人了，马上就要开会了。

李天成伸手摸了摸自己额头上的伤。他突然从地上拾起鞋，掖进腰里，扛起那辆坏车子。

赵秋英：你这弄啥？

李天成：开会去。

赵秋英：开会扛车子干啥，还怕人家不知道？

李天成：我就是让他们知道！想吓我，我是吓大的？

李天成说完，赤着脚，扛着车子就往村里走，那个秤砣还在车把上挂着，一走一摇晃，一走一摇晃。

♯ · 村部、办公室内

李来望、陈世前、陈世超、陈老伦，还有村里的十几名党员都到齐了。镇里的吕怀朴、孙镇长、赵秘书和一些干部也在会场里坐着。

孙镇长：还缺谁呀？

李来望：不缺了吧。

吕怀朴：李天成怎么没来？

陈老伦等人往门口望着。

陈世前：进城卖菜了吧。

吕怀朴：开会没有通知他？

李来望：通知了，昨天就在喇叭里吆喝，今儿个又吆喝。

吕怀朴：谁具体通知的？

陈老伦：我。

吕怀朴：通知到他本人了没有？

陈老伦：通知了。

吕怀朴若有所思地：哦……

孙镇长：就缺他自己，不等了吧？

吕怀朴点了点头。

孙镇长：今天吕书记和镇里所有在家的党委成员一块来黄湾村，是要解决村里的支部班子问题……

吕怀朴：孙镇长，这样吧，在选举前为了统一大伙的思想，先学个文件。

吕怀朴从公文包里拿出一个文件，递给了身边的赵秘书。

赵秘书翻开文件，正准备读，李天成扛着那辆破车子走进院来，他故意把车子弄得哗嗵哗嗵响。人们听到声音往门边看。

陈老伦有些激动地：天成来了。

众人看到了李天成，李天成把车子放在门口。

吕怀朴站了起来：天成，搞什么名堂？

李天成:来开会呀。

吕怀朴:开会扛辆破车子干什么?

李天成:我起早进城送菜,本想着不耽误回来开会,没想被人用铁丝拦了,差点儿把脖子勒断,看这儿……

李天成指着自己的额头。

吕怀朴:怎么回事儿?

李天成伸手从腰里拿出鞋子,丢在地上,边穿边说:走到小桥那儿被一根铁丝从车子上拦了下来,差点要了命。

陈老伦:碰到截路的了?

李天成:不像是劫路的,要是劫路的,他啥都不要,把我的车子扔进河里就跑了?

陈老伦:是有人故意干的?

李天成:不知道,你看,菜也没卖成,车子摔成这样,本想着早早地赶回来开会,结果还是晚了。

吕怀朴:不晚,坐吧,先参加会,别的事儿回头再说。

李天成走进来,找了个地方坐下。赵秘书翻着文件。

赵秘书:吕书记,这文件挺长的,是不是你选重点的讲一讲?

吕怀朴:也行。

赵秘书:下面请吕书记讲话。

众人鼓掌,被吕怀朴止住了。

吕怀朴:我跟咱们黄湾村是有缘分的,我来上任的第一天,就碰到村里去县里上访,我本想着给村里的人认识认识,结果被天成拦住了,天成很会做工作,一人一碗胡辣汤就把村里的人劝回来了……

众人笑了。

吕怀朴:我来上任的路上,正好又碰到他们的车坏了,抓走那个叫啥呀?新民是不是?

李来望:就是他。

吕怀朴:新民把我当成老师了。实际他也没说错,我以前就在市党校。天成问我是干什么的,我说搞社会调查,这一调查,就调查到他菜地里去了。天成给我说过一句话,他说菜懂人性,地也懂人性,你要好好地待他,他就听你的话！天成,是不是这个意思？

李天成笑了笑,没说话。

吕怀朴:我由此想到了村里的工作,想到村里的支部班子,如果我们支部像天成对待土地,对待蔬菜一样对待村民,对待工作,村里也不会出现这么多问题。大白天一帮人跑到支书家,把账箱子抬走了,不懂法律,结果被公安局抓走了。同时,这说明村里存在着问题,支部班子里存在着问题,光白条五、六万,这不是问题？当然,事物都是一分为二的,我们不能因为出了这些问题就全部否认成绩,支部班子为村里还是做了大量的工作。由于李来望同志给镇党委提出辞职,镇党委充分考虑他的要求,结合黄湾村的实际情况,所以,我们把同志们请到一块儿,重新选举产生村支部。

吕怀朴停顿了一下,看着众人:谁进支部？谁合格？谁有能力带领群众致富,他就合格！你说你不贪不占,可群众吃糠咽菜,你也算好干部？不能算好干部！

吕怀朴又停顿了一下,喝了一口水:在选举之前,我要特意对同志们说,我们要坚持党性原则,不要拉小团体,拍拍自己的胸口,把真正有能力的同志选出来,做我们的领头人！

吕怀朴说完看着孙镇长:开始吧。

孙镇长:可以。我也说一句。李来望同志提出辞职,是他自己的意愿,但是,这并不是说他就没有被选举权,他还是个党员吗……

孙镇长拿眼睛看了一下会场:赵秘书,开始吧。

赵秘书开始发选票。众人接到选票,看着。吕怀朴看着屋里的党员在填写候选人,轻轻地走出去……

 # · 村部、院内

吕怀朴在院子里走步,赵秘书拿着一叠选票出来。

赵秘书:吕书记,票收上来了。

吕书记:唱票。

♯ · 村部、办公室内

票已唱完,赵秘书正在墙壁上的小黑板上统计。李来望 4 票、陈世前 5 票、李天成 6 票,陈世超、陈老伦、陈祥云各一票。

吕怀朴:现在支部已经产生,李天成、陈世前和李来望同志当选,下面,我们从支部委员里产生支部书记。

吕怀朴说完看了一眼赵秘书:开始吧。

♯ · 一组画面

一组选举的画面。赵秘书又一次发选票。党员们拿到选票,屋里静下来。

李来望拿在手中的选票有些颤抖,选票的特写,李来望手中的笔最后落在了自己的名字下,他在自己的名字后面画了个对号。

陈世前偷偷地观看着周围的人,他手中选票的特写,那只笔从李天成的名字下移到他自己的名字下,又停顿了一会儿,最后回到了李天成的名下,画了一个对号。

李天成坐在窗前,他看着选票,手中的笔毫不犹豫地就在自己的名字下打了个对号。

陈老伦填完选票,然后走到赵秘书面前,递给他。赵秘书收选票。赵秘书在一块小黑板上先后写出三个名字:李天成、李来望、陈世前。

一个干部正在唱票。

唱票声里,赵秘书在三个名字下面一笔一画地画"正"字。

唱票完毕,赵秘书在每个名字的后面写出得票数。

李天成:七票。

陈世前:六票。

李来望:五票。

李来望、陈世前、陈老伦等人不同的面部表情。

李天成感觉到了有目光在注视着他。李天成看上去有几分平静,但他的内心却十分激动。

突然响起掌声。李天成在掌声里一下一下地卷起自己的裤腿。

♯·村部、院内

院里靠窗子竖着一根棍,棍上对肚绑着两个大喇叭。场院里聚集了许多村民,正在召开群众大会。李来望、陈世前、陈世超、陈老伦、李天成等都坐在下面。靠办公室的门前放着一张桌子,吕怀朴正在讲话。

吕怀朴:根据村里的情况,镇党委同意李来望同志不担任支部委员的要求,增补陈老伦同志为支部委员。我代表镇党委宣布,由李天成、陈世前、陈老伦三位同志组成黄湾村党支部,李天成同志担任黄湾村党支部书记。

吕怀朴说完,带头鼓掌,众人鼓掌。

陈世超尴尬地坐着,他偷偷地看了一眼坐在他身边的李来望。

李来望有一下没一下地鼓着掌。

李天成用手卷着自己的裤腿。

吕怀朴:下面请李天成同志讲话。

吕怀朴又带头鼓掌。李天成从人群里站起来。掌声止住。

李天成:老少爷们这么信任我,我没啥好说哩,一句话,就像给自家种菜一样下劲,干好村里的工作。

李天成说完就坐下了。

吕怀朴:这就完了?

李天成又站了起来。

吕怀朴:到前面来。

李天成犹豫了一下，最后走到桌子前，有些激动：我给全村的老少爷们发誓，吕书记在这儿证着呢，今后，我李天成要喝村里一口酒，就割我的舌头！我李天成要乱花村里的一分钱，就剁我的手指头！

李天成说完，吕怀朴带头鼓掌。大家都看着李天成。

李天成：我李天成说到做到，不放空炮！

吕怀朴：不能光表决心，说点实际的。

李天成：叫我说点实际哩……吕书记，我先提个要求……

李天成说到这儿摆了摆手：不说了，不说了……

吕怀朴：啥要求？说吧，只要合理。

大家的目光都看着李天成。

李天成：镇里交给我任务，如果我李天成完不成，你们可以批评我，可以不让我干，可有一点我说到头里，我们村里不设招待费，无论谁来，村里都不管饭。

吕怀朴：我呢？

李天成：你也一样。吕书记，我说这话你别生气，你们要吃，就到我家里去，我让孩子他妈给你们擀芝麻叶面条。

吕怀朴：那我今天上午就不走了。

大家哄的一下笑了。

李天成：好，谁不去那是看不起我。

吕怀朴：说句笑话。这个想法我支持，谁要是有意见，你叫他找我。说吧，继续说，把你的想法都给大伙说说。

李天成：我说了算不算？

吕怀朴：那要看你说些什么了，只要群众拥护。刚才你说村里不设招待费，大伙不是已经鼓掌通过了吗？

李天成：好，那我就再说一条。

李天成看了陈世前和陈老伦一眼：这事儿支部还没商量，我琢磨着老少爷们也不会反对。

李天成说完又看着吕怀朴。吕怀朴用鼓励的目光看着他。

李天成：我想干的第一件事儿，就是成立一个理财小组。咱黄湾村四个村民组，每组选两个代表。闲的时候，咱一个月一算，忙的时候，咱两个月一算，算了以后，就张榜上墙，咱实行账目公开。

吕怀朴带头鼓掌，群众也都跟着鼓掌。

李天成：有的说了，你叫谁当代表？咱可以自愿，也可以选举。选谁呢？谁对村里的账目有意见，谁好去镇里告状，那咱就选谁。比如新民，好去镇里告个状，那咱就选他。但咱有一点说到头里，你们管财，你们理财，都是义务。你说你算了账，想去镇里去吃一顿？那不行。

群众鼓掌。

李天成：如果谁想参加理财小组，现在就可以举手报名。

李天成说完，看着周围的人，村民甲、乙举手，可是一看别人都没有举，又放下了。

李天成：这有啥不好意思，这就是咱自家的事儿，要不这样吧，我先推荐两个。

李天成说完看着众人，最后把目光落在了李来望的身上。

李天成：一个是咱的老支书李来望，一个是村里的老会计陈世超。

众人感到意外，把目光落在了他们两个人的身上。李来望坐在那里，铁青着脸。他拿烟的手都在颤抖。他突然站了起来，看着李天成。

李来望：对不起，今天你是热脸对个凉屁股，我没那闲工夫。

李来望说完，把烟头扔在地上，他在众人的目光下，转身朝大门走去。陈世超也站了起来，可是他没有走。

陈世超：我……支持支书的工作。

＃・菜地

瓜棚下，吕怀朴正在和李天成谈话。

吕怀朴：天成，这头三脚你一定要踢好。

李天成：你放心，保证一脚比一脚实在。

李天成停顿了一下，又说：吕书记，有个事儿我还得求你……

吕怀朴：抓人的事儿？

李天成：一上来就碰到这样的事儿，如果解决不好，村里的工作就不好做，你能不能给公安局里说句话……

吕怀朴：这是法律上的事儿。

李天成：法律也得实事求是呀，这不是特殊情况吗？

吕怀朴：我可以把情况给他们反映一下。

李天成：听说公安局里要罚款，一个人几千块。吕书记，种两年地也弄不到几千块。常言说，打了不罚，罚了不打，这连打带罚……

吕怀朴笑：天成，你这脑子鬼着呢。

李天成：要说孬点子，我这肚里有的是，可我就是不用，正经事儿我还琢磨不完呢。

吕怀朴：这就对了。哎，有件事儿我差点忘了。

吕怀朴站起来，走到自己的支在瓜棚外边的自行车前，从提包里掏出一本书来。

吕怀朴：不能光看《大棚栽培》这样的书，也得学点别的。

李天成从吕怀朴手里接过书，那是一本《市场经济问答》。

李天成：市场经济？

吕怀朴：对，当支书了，不能只盯着门前的三分地，眼界要开阔。

李天成：你放心。

吕怀朴：哎，可要看进去呀，隔个十天半月我会考考你。

李天成点头。

他们正说着，赵秋英提着饭篮从村路上走过来。

李天成：你嫂子送饭来了。

吕怀朴：是不是芝麻叶面条？

李天成：这回有点腐败，烙饼……

吕怀朴被李天成说笑了。

＃·李来望家、屋内

李来望正坐在那里低着头抽闷烟，李来中走进来：哥。

李来望看他一眼，没说话。

李来中：你说句话，我找人先把他的腿打瘸，让他干不成！

李来望瞪了他一眼。

李来中：村里的事儿都是他出的点子，上访，抬账箱子，哼，我非出这口恶气不中！

李来望：你狗屁不懂，咋出恶气？别在我这儿嚷嚷，我不想听你说话。

李来中看了李来望一眼，转身气冲冲地走出门去。

＃·村街

李天成肩上背一鱼鳞袋子菜，赵秋英提着一个篮子从村外走来。

李来中扛着一把铁锨从一个胡同里走出来，和李天成走了个对面。

李天成只顾背着东西走路，李来中走到他的身边，对着李天成吐了一口吐沫，那口吐沫正好吐到李天成的脸上。

李天成站住了，他放下手中的袋子，也不擦脸上的吐沫，看着李来中：你往哪吐？

李来中蛮横地：想往哪儿吐往哪儿吐！

赵秋英：你欺负人不是？

李来中：就欺负你了，咋着？

赵秋英：你……

李天成止住妻子，盯着李来中：你讲不讲理？

李来中：我咋不讲理？路是公家的路，你不让我走？嘴是我的嘴，你不让我吐？

赵秋英:那你也不能往俺脸上吐呀?

李来中:我吐狗脸上了,我又没看见你!狗走路还有声音呢,你不声不响的谁看见你了?

赵秋英:你咋骂人?

李来中把手中的铁锨恶狠狠地插在路边:我就骂你了,咋着吧!

李天成站在那里,他紧紧地攥着自己的拳头,看着李来中:老三,你再说一句?

李来中:咋?你还敢打我?

李来中喊叫起来:大家都来看呀,李天成打人了——李天成刚当支书就打人了——

听到喊声,许多村民都跑出来,陈老伦也夹杂在人群里。

李天成站在那里看着李来中,他的手都在颤抖。

李来中:你打呀,有种你打呀!

红裙拉着车子,车子上装着一车柴草,田桂荣在后面推着走来,田桂荣一看李来中和李天成吵架,丢下车子,跑过来。

田桂荣:咋了咋了?

李来中:当了支书就要打人,打呀!

赵秋英:你咋站着翻身?

田桂英上前用手指点着赵秋英:俺咋站着翻身?你男人不就是当支书了吗?当了支书就兴打人了?你欺负人也不是这个欺负法!

红裙放下车子走过来。

赵秋英:你指点谁?

田桂荣:我就指点你了,你家不就是有俩烧钱吗?

赵秋英:有钱咋了,有钱就赖了,有钱就低人一等了……

赵秋英对身边的村民:叫村里的老少爷们都说说,俺挣钱容易吗?俺两口子起五更睡半夜,哪一分钱不是我们的血汗换的。

田桂荣冷笑着:你有钱就管头朝下走路了?就管买支书当了?就管欺负人了?

赵秋英:俺走得好好的,硬吐俺一脸,谁欺负谁?

田桂荣:你欺负俺,你想欺负俺男人……

红裙：妈，说的啥话？

田桂荣：死妮子，你说我说的啥话？她欺负你爹你就没有看见？你想买好是不是？你想做她家的媳妇是不是……

红裙生气地：妈！

田桂荣不理红裙，回身指着赵秋英和李天成：想瞎恁的眼！想娶俺闺女做兄弟媳妇，除非从恁那狗嘴里吐出象牙来！

赵秋英：你骂谁？

赵秋英还没说完，李天成上来拉着她就走。田桂荣对着他们走去的方向吐了一口吐沫。

田桂荣：吐，就吐，公家的路，不让谁吐？

李来中：哼，长那个熊样，还想当支书呢！

李来中拔掉插在路边的铁掀。

田桂荣上来拉红裙：走。

众人看着红裙，红裙羞得满脸通红，她甩掉田桂荣的手，低头朝前快步走去，走着走着跑了起来。

田桂荣：红裙……

李来中：别管她，有本事死去！

李来中把铁锨递给田桂荣，自己走到架子车边，拉起架子车，嘴里骂骂咧咧地朝一条胡同里走。站在人群里的陈老伦看着走远的李天成，来到了那袋子菜前，提了提，背了起来。

＃·黄河边、渡口

李来中拉着装满柴火的车子沿着通往河边的土路走过来。田桂荣在后面跟着，他们来到房前的空地上，李来中放下车子。解绳，卸柴火，田桂荣过来帮他。

小军开着船从河对岸过来，停在岸边。春莲提着一个兜和几个过河的行人从渡船上下来，上岸。田桂荣看到春莲。

田桂荣：春莲……

春莲站住，田桂荣忙过去：听说人家要罚新民的钱了。

春莲：不知道。

田桂荣：肯定罚，只要你进去，不拿钱会让你出来？我看都是锅底惹的祸。

李来中停下手里的活，朝田桂荣说：哎——渴死了，弄点水去。

田桂荣白了李来中一眼。

春莲：三婶，我走了。

田桂荣：见了红裙，叫她赶紧回来。

春莲：好。

春莲走远，田桂荣抱起一捆柴火朝房前走去。李来中继续卸柴火。

＃·场院

村边的场院，场院里有草垛，几只鸡正在那儿刨食。红裙眼睛红红的，正坐在一个石磙上发愣。春莲提着兜沿着场边的小路从田间走过来：红裙。

红裙看她一眼，没说话。

春莲：恁妈叫你回去了。

红裙：不回去，死也不回去！

春莲：又给你妈生气了？

红裙不说话。

春莲：回去吧，要不恁妈该急了。

红裙：急死她，她咋不替我想想？

春莲叹了一口气。她继续往村里走。她走了几步站住了，又走回来。

春莲：明儿我进城看新民，你去吗？

红裙站起来：能见着吗？

春莲：能，俺表哥在城关派出所里，给他打过电话了。再说，他们这又不是犯了大事儿，抬了村里的账箱子，说起来人家还都同情呢。

红裙：去。

春莲：恁妈要是知道了……

红裙：管她呢，她能把我吃了？

春莲：恁妈要问，你可别说是我让你去的呀。

红裙：我不说。哎，嫂子，今儿我跟你住那儿好吗？

春莲：中是中，你妈那脾气……

红裙：我不说，她会知道？

红裙接过春莲手中的兜，两人朝村里走去。

＃·黄河边、渡口、傍晚

渡船上。李来中手里正拿着一些零票，坐在那儿数钱，他的身边放着一个钱箱子。田桂荣一手把馍筐子揽在腰上，一手提着茶瓶上船来。

李来中没好气地：小军呢？

田桂荣：吃饭呢，弄啥？

李来中晃着手中的钱：一天了，就挣这些钱吗？他肯定漏下了。

田桂荣：多少？

李来中：还不到十块钱，连油钱都不够！

田桂荣不语，她拿掉盖在馍筐上的抹布，拿出一个碗来，从茶瓶里往碗里倒水。李来中把钱装进衣兜里，伸手从筐里拿出一个馍来，恶狠狠地咬了一口。

汪毛骑着一辆摩托从土路上开过来，停在河边，他把车支住。

李来中停止了咀嚼，他坐在那里看着汪毛走下岸，走上船来。

汪毛一脸的假笑看着李来中两口子：看你两口子紧张的，话都不敢说了，我不是来找你要钱的。

李来中嘴里的馍咽下去：有事儿？

汪毛：没事就不能来了？我今天请你喝酒。

田桂荣:发财了?

汪毛:看你说的,不发财就不能请三哥喝酒了?

田桂荣:你这不是打你哥的脸吗?他该你的钱,你还来请他喝酒?

汪毛:你不信?

汪毛上来拉住李来中往船下走:走,咱这就去。

李来中:去哪儿?

汪毛:镇上。

田桂荣从船上跟下来:真去呀?

汪毛:那还有假。

汪毛拉着李来中来到岸上,推车,调头,上车。

汪毛:来,上车。

李来中走到车边,田桂荣跟过来。

田桂荣:红裙还没回来,你就不管了?

李来中:她又不是两生三岁的小孩。

田桂荣:一听说喝酒,你喉咙眼里就伸手。

汪毛:哎,嫂子,大老爷们喝个酒有啥?走走,上来!

汪毛说完拍着后面的车坐,李来中看了田桂荣一眼:你去找找红裙。

李来中坐在了车后,汪毛一加油门,摩托开走了。

田桂荣生气地:龟孙家儿,家就让你喝成这个样子,喝去吧,喝死你都没人管!

 # · 小酒馆、夜

李来中和汪毛已经喝了七八瓶,汪毛给李来中倒酒,他们端起。

汪毛:来,三哥,喝!

李来中:喝。

两人一饮而尽,汪毛又倒酒,李来中伸手拦住:不喝了,再喝就多了。

汪毛：多就多，舒服。

李来中：现在你哥不能给你比呀，你发财了，摩托也骑上了。

汪毛：你也弄一辆。

李来中：我……我打船那会儿借你四百块，都快两年了，也没还上你。

汪毛：钱是小意思。哎……

汪毛说着凑近李来中：三哥，想挣钱吗？

李来中：看你说的，钱谁不想挣？做梦都在想。

汪毛：我有个好法，就看你敢不敢。

李来中：只要能挣钱，有啥不敢？

汪毛凑近李来中的耳边，耳语起来……

李来中：能中？

汪毛：我们镇上，还有周围的村子的好多人，都在发油田的财，你还蒙在鼓里……

李来中：谁说？

汪毛：谁说？我才说罢。说个利亮话儿，干不干吧？

李来中：这事儿弄不好……

汪毛：看你，那油田在你们地里，怕个啥？再说，这马不吃夜草不肥，人不得外财不富，就指望你见天撑船挣那俩小钱，啥时候还清我的账？

汪毛说完端起酒杯：这事儿我不勉强，你自己拿主意。来，喝。

李来中也端起酒杯，汪毛说完一饮而尽。李来中看着他，片刻，猛的一下把酒送进嘴里。然后用手背擦了一下嘴。

李来中：要成了，我该你的钱……

汪毛：事成了，那钱我就不给你要了。

李来中：好，干！

＃·李天成家、屋内、夜

两个孩子已经吃完饭，放在李天成和赵秋英面前的饭还没有动。

赵秋英坐在那里伤心地落泪,李海燕站在她的身边:妈……

李天成:上楼睡觉去,别耽误明天上学。

李小宁和李海燕拿着书包走出去。赵秋英坐在那里,肩头一耸一耸地哭泣起来。

李天成:哭啥?

赵秋英:这不是硬往眼里推石磙吗……

李天成坐下来,不说话。

赵秋英:欺负人也不是这个欺负法……

李天成偷偷地看了赵秋英一眼,他噌的一下站了起来,抓起门后的一把钢叉就往外走。

赵秋英忙跑过来拦住了他:弄啥去?

李天成:我给他拼了!

赵秋英一把从他手里夺回钢叉:我叫你给他拼了?他是个半吊子,你给他一样?

李天成:那你说我咋弄?

赵秋英:咱不干这个支书就不中吗?

李天成气愤地:他就是不想叫我干!龟孙家儿,这个支书我干定了!我非给他干出个样看看不中!我干得叫他口服心服!

赵秋英:你小声点不中?

赵秋英把钢叉放到门后:我看你是不想要这个家了,几亩地的菜就没明没黑地忙……

两人正说着,大门外传来了敲门声。李天成看着妻子。赵秋英收拾饭桌上的碗筷,端着走出去。

#·李天成家、院内、夜

李天成来到大门前,打开门,门前放着一袋菜,菜后站着陈老伦。

李天成:老伦叔……进屋吧。

陈老伦:不去了。

陈老伦指了指跟前的袋子：我给你背回来了。

李天成没说话，伸手把那袋子菜往里挪了挪。

陈老伦：没事吧？

李天成：没事儿。

陈老伦：别给他一般见识。

李天成朝村街里看一眼，没说话。

陈老伦：宰相肚里能撑船……真没事儿？

李天成：真没事儿。

陈老伦长长地出了一口气：没事儿我就放心了。

陈老伦说完转身走上了村街，李天成站在那里看着他。

陈老伦边走边回头看着李天成：回吧。

李天成站在那里看着走进夜色的陈老伦，突然有两行热泪从他的眼睛里流出来，他伸出手背摸了一把泪，把袋子提进来，关上门。他提着袋子走到猪圈前，把菜倒进猪圈里，他又擦了一下眼睛，然后走到灶屋门前，往里看一眼，又回身走到压井边洗脸。

＃·李天成家、灶屋内、夜

赵秋英正在洗碗，李天成一边用毛巾擦脸一边走进来，走到门边他故意踢翻了一只小凳子。可赵秋英没有回头，仍在洗自己的碗，李天成站在妻子的身后，看着她：还气着哩？

赵秋英不说话，把洗好的碗放进柜橱里，又去刷一个饭盒。

李天成：我气得跟吹猪似的，你还给我加油，我要像以前那样，眼睛一红，拿着家伙就去给他拼命，你拉都拉不住，咋办？你就不会劝劝我？

赵秋英往饭盒里盛饭：没你会说，我不会劝。

李天成：你不会劝我替你劝。

李天成学着赵秋英的腔调：天成呀，你现在跟以前不一样了，咱这会儿是支书了，一圈子都看着你，你不能跟他一般见识，是不是？他咋不往人家脸上吐？你这不是刚当上支书吗？你不是还没有干出成绩吗？村里十八个党员，只有七个选你，还差十一票呢，这说明啥？这说明还有好多人不了解你，不信任你，为啥不信任你，你不是还没有给村里人做事吗……

赵秋英忍不住笑了：气死人不抵命！

赵秋英把准备好的饭盒递到李天成的手里：下地吧，舅在地里还没有吃饭呢。

李天成：真不气了？

赵秋英：要气早气死了。

二人说着往外走。

＃·李天成家、院内、夜

李天成和赵秋英走出来。天边滚过一声沉闷的雷声。赵秋英抬头看天：想下雨。

李天成：预报的有雷阵雨，我得赶紧下地了。

赵秋英：拿着雨衣。

赵秋英说着走回屋里去。李天成把饭放在身边的一个小凳上，取下搭在铁丝上的衣服一边穿一边朝楼上喊：小宁——

楼上传来李小宁答应的声音：唉——

李小宁从屋里出来。

李天成：下来帮着你妈收东西。

李小宁：知道了。

赵秋英拿着雨衣从屋里出来，李天成接过雨衣提起饭盒就往外走。

＃·菜地、雨夜

电闪雷鸣，雨下着，一盏马灯在风雨中摇晃。天成舅吸着烟，坐在塑料棚下的小兜床上避雨。雨里传来了脚步声。

天成舅:谁?

李天成:我。

李天成进到棚子里,把饭盒从雨衣里拿出来,递给舅:椒子都盖了吗?

天成舅:盖了,就剩几捆芹菜。

李天成:芹菜不用盖,淋淋省得洗。

天成舅捏着烟头,吸了一气,然后把烟头扔出去:坐这,我有句话给你说。

李天成在兜床上坐了下来。天成舅拿饭,吃。他吃一口,说一句。

天成舅:要干……就干好……多积德……

天成舅说着停下来,用筷子指点着:上不给爹娘挣骂名,下不给子孙留罪孽。记住我的话没有?

李天成:记住了。

一阵风吹得马灯直摇晃,李天成忙过来把灯移到一边。

#·油田提油架前、雨夜

电闪雷鸣。提油架已经停机,正在修理的提油架。油架不远处房子的窗口里亮着灯。汪毛穿着雨衣,李来中身上披着一块雨布,弯着腰过来,李来中的手里拿着一根铁棍和绳子。他们看机架上没人,来到一台电机前。汪毛从腰里抽出一把扳手,开始卸固定的螺丝……李来中一边给他看着人一边小声地:好了吗?

汪毛对他招手,李来中过去,两人把机器抬到一边,然后把绳套在电机上,两人抬起,往回走。

工人甲从不远处的屋子里出来,打着电灯朝这儿走过来。

李来中慌乱中不知踢住了什么,发出了声响。工人听到动静。

工人甲:谁?

接着,手电灯就照过来,李来中和汪毛躲闪不及,暴露在灯光下。

工人甲:干什么的?

李来中和汪毛忙丢下机器。

工人甲一看,喊叫起来:抓贼呀——抓贼呀——

有几个工人先后从屋里跑出来,喊叫着朝这边跑来。李来中和汪毛丢下抬着的机器,逃走。那群人喊叫着追赶过来。

李来中和汪毛在雨水中拼命地逃跑,后面有追赶的脚步声和灯光。李来中不知被什么东西绊了一下,倒在地上。汪毛回头看了一下,但他没有停下来,自己逃走了。

越追越近的人群。李来中挣扎着从地上爬起来,再跑时,他的腿就一瘸一瘸的。那群人很快就追了上来,有个工人上去抓住了李来中,李来中在挣扎中被人拉掉披在身上的雨布,他仍在一瘸一瘸地逃走。一个追赶的人扬起手中的棍子,一下子就打在了李来中的头上,李来中再次倒在了地上……

#·李来望家大门前、雨夜

雨下着,田桂荣一手拿着雨伞站在门楼下,焦急地敲着门。

门开,李来望打着雨伞出现在门里。

田桂荣:哥……

李来望:啥事儿,恁急?

田桂荣:红裙她爹被油田的抓走了。

李来望:抓走了,在哪?

田桂荣:北地的油井那儿。

李来望:为啥?

田桂荣:他去抬人家的电机。

李来望:抬?那是偷!给谁呀?

田桂荣:我也不知道。刚才红裙她姨夫来说的,腿都打瘸了。

李来望生气地:她姨夫咋不去,还跑这儿来?

田桂荣:去了,人家油田上说,让村里支书去领人。

李来望:支书?我现在不是支书了。

田桂荣:哥……

田桂荣还没说完,李来望就打断了她:这事儿我不管,你去找李天成!

李来望说着把门关上了,把田桂荣一个人晾在了那里。

田桂荣回头看看雨夜,迟疑了片刻打着雨伞走进雨水里。

#·村街、李天成家门前、雨夜

田桂荣打着雨伞匆匆走来,她来到李天成家门前,敲门。可她刚拍了一下,院内就传来了狗叫声。好像是狗的叫声提醒了她,她举起的手停在了半空中,最后停了下来。

狗仍在叫。她站在那里迟疑着,最后她撑伞慢慢地离开,朝回走。可是走了几步,又停住了。她回身看着院门。

#·李天成家、雨夜

正在睡觉的赵秋英被狗叫声惊醒,她仔细听听,隐约传来叫门的声音,她忙起身,打开一把雨伞,朝外走。

#·李天成家、院内、雨夜

雨下着,赵秋英打着雨伞走过来,她家的狗跟着她跑过来。

大门被人拍打得咚咚响。赵秋英过来,急忙拉开门楼下的电灯,由于灯光,外边的敲门声突然止住了。赵秋英开门。门打开。赵秋英没想到外面站着田桂英,两个人都愣在那里。田桂荣尴尬地站着。赵秋英朝身边的狗踢了一脚:滚!

赵秋英说完就要关门，但田桂荣突然伸手挡住了。赵秋英气愤地：你不算完是不是？

田桂荣急忙辩解：他二嫂，你别误会，我是来找支书的。

赵秋英：俺家没有支书。

说完又要关门，田桂荣又伸手挡住了：我找支书有事……

赵秋英：他在地里，不在家！

说完，赵秋英推开田桂荣，把门关上了。赵秋英关上门，伸手拉灭了电灯。赵秋英把身子靠在门上，有些紧张地听着门外的动静。

♯·村街、李天成家大门前、雨夜

田桂荣站在门前，她看着那扇关闭的门，雨水打在她的脸上，她的身子在哆嗦，她赌气似地站在那里看着那扇门，任雨水在她的脸上流淌。突然，她撑开雨伞，转身冲进雨水里……

第 四 集

＃·菜地、雨夜

电闪雷鸣。田桂荣打着雨伞艰难地走过来，她一不小心滑倒在地，雨伞从她的手里脱落下来。棚里传来李天成的声音：谁？

田桂荣挣扎着爬起来，声音微弱：我……

棚里亮了灯，接着，李天成一手提着马灯出来，田桂荣正挣扎着从地上起来，李天成忙过来扶她。借着灯光李天成看清了是田桂荣，他伸出的手又停了下来。田桂荣站了起来。李天成把灯抬起来，朝她身后看看，在寻找着。这时天成舅出现棚边。

天成舅：还看啥，不赶紧让人家过来。

李天成没说话，自己先往棚子里走。天成舅看了李天成一眼，对田桂荣说。

天成舅：来来，进来说。

＃·菜地、棚下、雨夜

李天成把灯挂在柱子上，田桂荣跟着天成舅过来。

天成舅：给老三生气了？

田桂荣：没有。

天成舅：下着雨跑来，有事儿？

田桂荣：来中让人抓走了，腿都打坏了。

天成舅：谁抓走了？

田桂荣：油田哩，人家要支书去……

田桂荣说着看了李天成一眼。

李天成：为啥？

田桂荣：他去……偷人家的电机……

李天成：你走吧，我不认识你说的那个人。

田桂荣愣住了，他看着李天成：你说啥？

李天成：我不认识他。

孤独委屈的田桂荣突然感到了绝望。

田桂荣：你是不是支书？你想看我的笑话是不是？我没脸没皮地跑了一家又一家，你们都不管，老支书不管，新支书也不管，那就叫他死吧，叫他死吧，我也不管……

田桂荣说着转身冲进雨水里，跑走了。天成舅忙站起来，追到棚边：唉……

茫茫的雨夜……

天成舅回过身来看着李天成：有你这样说话的吗？

李天成也不说话，他先穿上雨衣，又把挂在车后面的驮筐搬下来，推着车子就往外走。

天成舅：弄啥去？

李天成：去油田。

李天成说着走进雨夜里。

＃・村路、雨夜

雨水里，李天成推着车子艰难地走着。李天成扛起车子，在泥泞里行走。

＃・李天成家、屋内

赵秋英没有拉灯，一个人呆呆地坐在那里，想着心事儿。

哗哗的雨声从外面传过来。她抬起头来，看到了墙上那根挂过绳子的钉子，在她的视线里，那根钉子上突然幻化出一根绳子挂在上面，她忙揉了揉自己的眼睛。再看，墙上的绳子消失了。雷声从窗外传过来，她抬起头来，又看到那根绳子挂在上面。赵秋英揉眼又看，那根绳子又不见了。她有些惊恐地站起来，抓起雨伞往外走去。

#·乡村公路、雨夜

李天成扛着车子，从一条土路上走过来，他来到公路上，把车子放下，支好，从路边寻到一根木棍，捅着车圈里的泥。他擦了一把脸上的雨水，骑上车，冒雨往前骑去。

#·菜地、雨夜

天成舅在小床上躺着，瓜棚里的马灯微微地亮着。他听到外边雨水里有脚步声，就坐起来，把灯光拔得更亮。赵秋英一手打着电灯，一手拿着雨伞走进来。

赵秋英：天成……

天成舅：他去油田了。

赵秋英叹了一口气。

天成舅：有事儿？

赵秋英：没事儿，你睡吧。

赵秋英说完拿着雨伞往外走……

#·油田派出所、夜

关押李来中的房间。李来中坐在一个角落里，浑身哆嗦成一团。门打开，一个民警领着身穿雨衣的李天成走进来。李来中看到李天成愣住了。

李天成没有说话,他站在那里看着他。

李来中的眼睛里掠过一丝慌乱和内疚,他把目光急忙移向一边。李来中哆嗦不止。

李天成看着他,突然把雨衣脱下来,递给了民警。接着把上衣脱下来,他想把衣服扔过去,可是伸出去的胳膊又停住了,他迟疑了一下走到李来中的身边。

李天成:唉……

李来中抬起头来,看着李天成。

李天成把手中的衣服递过去:把衣服换上。

李来中哆嗦着,但他没有动。李天成把衣服放在了他面前,回身看着民警。

李天成:谁管事?

民警:所长。

李天成不再说话,从民警手里接过雨衣,就往外走。民警也跟出去,把门关上。李来中看着李天成放在他面前的衣服,看着,他哆嗦着,拿起衣服,披在身上……

#·派出所、办公室内、夜

胖所长正在一本纸上写着什么,他边写边对站在一边的李天成说话。

所长:不是让你们支书来吗?

李天成:我就是支书。

所长:你是支书?

所长停住手中的笔,抬头看着李天成:你们支书不是李来望吗?

李天成:你以为我是冒名顶替?不信你打电话给镇里的吕书记?

所长放下手中的笔:噢……

李天成:这事儿咋处理?

所长:罚款!

李天成:罚多少?

所长:三千!

李天成:三千?你把他卖了也不顶三千。

所长:他这是偷盗国家财产,你知道不知道?要不是照顾油田和地方的关系,我们会等你来?早把他送到拘留所里去了。

李天成:三千太多了。

所长:多?这是有规定的!我给你说,罚款不是目的,是为了让你们懂法!他这回来偷,抓着了不疼不痒地放回去,下一回他还敢来偷呢!

李天成:这我知道,可他家就一条破船,还有人家一半,村里的房子露着天,你叫他去哪儿弄三千块钱?

所长:你管这么多干啥,钱又不是你拿。

李天成:我当然不拿,可我是支书。

所长:就领这样的村民,你还好意思说你是支书?去吧去吧,我只等你到上午十二点,如果到时间不拿钱领人,可别怪我不给你留面子!

李天成尴尬地站着,他伸手抓起放在椅子上的雨衣:那好吧,我去拿钱。

李天成说完,转身走去。

#·黄河边、清晨

李天成骑着车子沿着土路走过来,下车,往河道里看一眼,渡船在河边泊着,船上没人。他支住车子,朝房子里喊。

李天成:哎,人哩——

门开,田桂荣红肿着眼睛站在那里,一看见河边站着李天成,她转身就往屋里走。

李天成:唉——

田桂荣站住了。但她没有回头。

李天成:我去了,人家叫去领人哩。

田桂荣转过身来:领的人哩?

李天成:人?人家要钱!

田桂荣:多少钱?

李天成:三千。

田桂荣气不打一处来:三千?你看看这个家里哪里顶三千?

田桂荣说完就转身进屋。

李天成看着她走回屋里,就在路边的一块石头上坐下来,他先脱下一只鞋在地上摔打着上面的泥,摔净了,穿上,又脱下另一只摔泥。

田桂荣手里提着一篮东西,也不搭理李天成,关门,上锁。

正在摔鞋的李天成停了下来,看着她:哎,人家叫去领人了,你走了咋弄?

田桂荣不理他,只顾自己走。李天成穿上鞋上前拦住她:十二点不去,人家就送到拘留所里去了。

田桂荣站着不说话。

李天成:话我可是给你说了,你要不去我就走了。

田桂荣仍然站在那里不说话。

李天成:那我走了。

李天成说完推起车子就走。李天成推着车子走了一段,他听到有人上船的声音,就停下。他回头看到田桂荣已经上了船。

田桂荣:小军——

小军从船头舱里出来。

田桂荣:开船。

小军提着摇把就去摇机器。

李天成一看就急了,他放下车子,朝河边追来:唉——

李天成跑到河边:你走了咋弄?把人丢在那儿不管了?

田桂荣:死他个鳖孙家儿!

李天成:钱的事好说,咱想法借借……

田桂荣：借？给谁借？借了拿啥还？他都该了一屁股的账了，这个日子没法过了……

小军把船摇开，离岸。

李天成：哎——

渡船朝河对岸开去，李天成朝河里喊：那是你男人，你不管，哪个龟孙能管！

李天成说完，转身就走，他走到岸边，推着车子走了两步，又回头看一眼，渡船已经开到河中间。李天成无奈地叹了一口气。

＃・丁字路口、清晨

李天成骑车沿着乡村公路过来，车子后架上夹着一根捅泥用的小棍子。他来到了通往村子的土路前，下车。他看着满是泥泞的村路。

李天成推车下路。推着推着，车子就走不动了。李天成支起车子，他气呼呼地从后架上抽掉小棍，撅着屁股在那儿用一根小木棍捅着车圈里的泥。

李天成站起身来，把小棍狠狠地扔在地上，朝身边的一棵树上跺一脚，骂一句：李来中，你个杂种！

李天成接下来一脚一脚地跺那棵树，他跺一脚就骂一句：杂种！为了你我去丢这种人……杂种！为你了我才被别人看不起……杂种！为了你我才受这样的气……杂种，要不是因为受气，我才不干这龟孙支书呢……杂种……

＃・村路、清晨

李小宁手里提着自己和妹妹的鞋子，背着书包，踏着泥泞走在前面。

李海燕一身的泥水，两只手一只提着一只裤腿，委屈地跟在他的后面。

李天成扛着车子过来,他看到了不远处路边的女儿和儿子。

两个孩子也看到了李天成。

李海燕:爸——

一声爸还没叫完,李海燕就哭了起来。

李天成忙过来,放下车子,蹲在李海燕的面前:别哭别哭……

李天成给李海燕脱下身上的湿衣服:咋弄的?

李小宁:滑倒了。

李天成:滑倒了,你干啥了?

李小宁:我拿鞋哩。

李天成为海燕脱下外边的湿衣服,递给李小宁。

李天成脱掉雨衣,把自己贴身的褂子脱下,给海燕穿在了身上,然后光着上身穿上雨衣。

李海燕还在哭。李天成为李海燕擦泪:别哭别哭,都是这路不好……

李天成站起来,接过儿子手中的湿衣服搭在车子上,然后在女儿面前蹲下来。

李天成:来,爸背着。

李天成背起女儿,回身安排李小宁:慢点,别割着脚。

李天成说完,沿着泥泞路一跐一滑地往前走。

#·李天成家、房内

李天成正在箱子里找钱。赵秋英端着一筐刚出锅的馍进来。

李天成:钱呢?

赵秋英生气地:我不知道。

李天成:咋会不知道呢?明明在箱子里放着,这咋就没有了?

赵秋英把馍筐子放在桌子上,走到床边,弯腰把装鞋的筐子拉出来,从里面找出那只深腰雨鞋,从里面倒出一个塑料包来,没好气地：给，钱是你挣的，想拿多少拿多少，我不管。

赵秋英说完，转身走出去。李天成忙蹲在地上，从塑料包里掏出一个布包，又打开布包，看到几捆钱……

#·李天成家、厨房内

赵秋英正在盛饭。李天成手里拿着一叠钱走进来，他站在那里，赵秋英不理他。

李天成：我就拿三千。

赵秋英放下手中的碗，回身，伸手去夺李天成手里的钱。

李天成忙把钱背到了身后。

赵秋英生气地：你不去！

李天成：人在那儿关着，不去咋弄？

赵秋英：关他八百年！夜里你去我就没说你，又跑回来给他拿钱，你是菩萨？心咋恁好呀？

李天成：咱不是支书吗？

赵秋英：你是支书人家还会吐你一脸？

李天成伤心地：你……你也这样说？

李天成在门边蹲下来：人家看不起我，你也看不起我？我还指望着你给我打打气，鼓鼓劲……好好，我不干中不中？我给你丢人了中不中？咱还像以前那样提心吊胆地过日子中不中？

赵秋英在一只小凳上坐下来，不说话。

李天成：你知道我心里是个啥味？刚才在村口看到海燕和小宁，孩子赤着脚去上学，一身的泥水，我的泪就往心里掉！

李天成说着，眼里就潮潮的，声音也变得沙沙的：啥路，你看看咱村都是啥路，到处都是泥巴，下点小雨都出不去。我整天扛着车子出去进来，你就没有看见吗？那会儿我就想，这个支书一定好好地干，先把村里的路修好！可你也看不起我，你总不能让我扛一辈子车子吧？

李天成说着用手背擦了一下眼泪。

赵秋英:我又没说不让你干,可干支书就得让人家吐一脸?

李天成:吐一脸你这就受不了?你给我说说,啥是支书?

赵秋英不语。

李天成:支书就是操心劳累,就是受气。咱妈养俺兄妹七八个,哪一个不是一把屎一把尿?哪个看得不一般重?对哪个偏心了?咱几个孩子,哪一个不是咱的心尖肉?咱没当过支书,可我琢磨着,就是这个理。他恶是他哩,咱能给他一样?咱不能忘了咱的目的,咱是为了干好这个支书,是为了叫家家户户跟咱一样盖楼,家家户户都盖了楼,有了钱,咱就用不着过那担心害怕的日子了。哦,这还没开头呢,他吐你一脸你就记死了?这个支书还咋干?他把你的牙打掉了,一狠心咽到肚里,二话不说,这才能干好支书。黑更半夜里下着雨,人家跑去找我,你说,我能不去?来中被关在派出所里,冻得哆嗦,腿都被打瘸了,你说,我就不管?

赵秋英:他活该。

李天成:他是活该,可好赖他是咱村的人,人家一说起来,那是黄湾村的谁谁谁,我脸上还怪有光彩?你脸上还怪有光彩?人,谁没有错的时候?锅底不是也被拘留了?人,谁不知道好歹?我把他弄回来了,他能再抓着我打一顿?我把钱借给他了,他还会说我贱?

赵秋英:那可不敢说,他那种人!

李天成噌一下站了起来,拍打着手中的钱:你咋恁糊涂哩?你就没想想?这是我干支书管的第一件事儿,我要是管得人家妻离子散,你说,我往后去还咋在村里做人?

李天成说完,转身就往外走。赵秋英迟疑了一下,站起来跟出去。

赵秋英:哎——去也得先吃饭呀。

♯ · 李天成家、院内

赵秋英从屋里出来,手里拿着两个馍,一边用一块毛布包着,一边往大门口追去。

＃·村街、天成家大门前

李天成在泥泞的村街里，已经走出了很远。赵秋英追出来，她看着走远的李天成，扬起的手又落了下来。

天成娘匆匆走过来：秋英。

赵秋英：妈。

天成娘：天成呢？

赵秋英：去油田了。

天成娘：到现在没回来？

赵秋英：回来又走了。妈，有事儿？

天成娘：刚才派出所的来人，叫去县里接锅底去哩。

赵秋英：放人了？

天成娘：放了。

赵秋英：放了就回来，还叫去接？

天成娘：在那吃住，不得给人家钱？

赵秋英：拿钱给钱，等天成回来了叫他去。

连成娘：哎，啥时候过河？

赵秋英：下午她三舅来接咱，你收拾一下。

天成娘：唉，她三舅比锅底还小两岁呢，人家都结婚了，这，可好……

天成娘说着往回走。

＃·油田派出所、办公室

李天成拍打着手里的一叠钱，正给胖所长讨价还价：东家借西家借，才弄这一千二百块钱……

李天成把钱放在所长的面前：你就开开恩吧，老百姓挣俩钱不容易。

所长：不行不行，一分也不能少。

李天成：你还不行哩，我给你说实话吧，这钱还是我出面给他借哩，他老婆听说这事儿回家就喝了半瓶老鼠药，人在医院里躺着呢。你还嫌少，你再不放人，这事我可不管了。

胖所长：你别吓唬我。

李天成：我吓唬你？你可不知道他的脾气，他老婆要是有个三长两短，哎，他敢拿着家伙来找你拼命！

所长：我不怕，你让他来吧。

李天成：好好……

李天成说着把手伸进衣兜里，又从里面摸出三张钱来，放到所长的面前：这可是我给村里人捎化肥的钱，也给他添上，这个家我当了，你再不放人，这事儿我可真的不管了！

所长：你这个人……好了好了……要不是照顾地方上的关系，你说得天花乱坠也不行。

所长吩咐办公室里的另一个民警：小马，你把钱收着，给他打个条。

小马从办公桌前站起来，过来拿起放在桌上的钱。所长说着站起来：走吧，你先去领人。

所长说着前头走出去，李天成跟在后面。

＃・街道、派出所大门

李天成和李来中一前一后走出派出所的大门，来到街道上。

李来中裹紧衣服，哆哆嗦嗦地走着，他走着走着在路边的一个墙边蹲了下来。李天成头也不回，一边走一边说：你自己先回去吧，我去接新民他们……

李天成说着，听到后面没声音，回过头来，看到李来中已经在那里缩成了一团，他站在那里迟疑了一下，走到李来中的身边：咋了？

李来中：冷。

李来中说完，哆嗦得更狠了。

李天成伸手摸了一下他的额头，吓了一跳：乖乖……老三？

李来中迷迷糊糊地：嗯……

李天成：啥时候开始烧哩？

李来中仍然迷糊地：嗯……

李来中说着倒在了地上，昏迷过去。

李天成惊慌地：老三，老三……

李来中昏迷不醒。这时街道里传来了机器声。

李天成放下李来中，跑到路边，一辆机动三轮嗵嗵地开过来，李天成朝那辆三轮扬起了手：三轮，三轮！

三轮车在他身边停下来。

李天成：帮帮忙……

司机：咋了？

李天成：发烧，人都烧糊涂了。

司机下车，帮着李天成把李来中弄到车上去，李天成跟着上了车，扶着李来中，李来中把整个身子都倚在李天成的身上。司机开车。车沿着街道朝前开去。

＃·拘留所门前

一村民开着一辆机动三轮过来，春莲、红裙、保卫爹、公社妻在车上坐着。三轮在拘留所前停住。众人从车上下来。众人看着拘留所的大门。

春莲：就是这儿。

＃·医院、病房

李来中躺在床上，挂着点滴。瓶里的药快下完了。李天成坐在床边的椅子上打盹。

医生走进来，他的身后跟着两个女护士。李天成醒来，忙站起来。医生来到李来中的身边，坐下来，为他诊脉，然后用听诊器给他听诊。

李来中醒来，他看了一眼站在医生身边的李天成一眼。医生听完诊，站起来：你来一下。

医生说完走了出去，李天成也跟出去，走到门口，他又回头看了李来中一眼。

♯・医院、门诊

医生已经开完处方，他放下手中的笔，把处方撕下来，递给身边的李天成。

医生：你把这些药拿了。

李天成：今天能出院吗？

医生：出院，人都烧成肺炎了，刚住下就想出院？

李天成：那啥时候能出院？

医生：那得看他的病情。

♯・医院、药房前

李天成一手拿着两盒药，一手抱着几瓶子盐水葡萄糖注射液离开。

♯・乡村公路

一辆机动三轮开过来，开车的是新民。锅底、红裙、春莲、陈保卫、李公社、保卫爹、公社妻等人在车上坐着。三轮车来到了一个十字路口，锅底突然对新民喊叫起来：停车停车！

新民把车停了下，锅底从车上跳下来。

新民：咋了？

锅底：红裙，下来。

红裙从车上下来。

锅底：你们走吧，我和红裙到俺二舅那办点事儿。

新民：那我们走了。

新民说着开车走。

锅底：哎，春莲，回去先给俺妈说一声。

春莲：知道了。

锅底和红裙看着三轮开走，锅底抱着红裙就亲：想死我了。

红裙忙推开锅底，往公路两边看：看你，也不讲个地方。

锅底嘿嘿地笑了。

红裙：咱去哪儿？

锅底：走，我有个地方。

锅底拉着红裙就走。

＃·街道、医院门前

街道一边有几家小饭铺，有一家打烧饼，卖水果的摊子。李天成走过来，来到烧饼摊子前，他从兜里掏出钱来，买了五个烧饼。卖烧饼的用一张书纸给他包了烧饼，递给李天成。李天成走到卖包子的饭铺前。

李天成：两块钱的包子。

＃·医院内

李天成一手提着一袋包子，一手拿着烧饼边吃边走，他走到一个洗衣服的水池边，已经吃完了最后一个，他停了下来，把手中的书纸丢在地上，然后打开水笼头，弯下腰来，对着水龙头喝水。

＃·医院、病房

李来中正坐在那儿打点滴。李天成提着一兜包子走进来。

李来中把目光移到一边去。

李天成看他一眼，走过去：饿了吧。

李来中用复杂的目光看他。李天成来到他的身边，把包子放在茶几上。

李天成：我想着给你下碗鸡蛋面呢，怕你打针没法吃。

李天成拿出一个包子递给李来中：吃吧，不够吃再去买。

可是李来中没有接李天成递过来的包子。

李天成尴尬地站在那里，他把包子又放回到袋子里，提起茶瓶往外走。李来中看着他。

李天成走到门口站住，他回身看着李来中：老三，你怕我往包子里下药是不是？你要是这样想，那我就先吃给你看看。

李天成说着走回来，伸手就去袋子里拿包子。

李来中伸出那只没挂针的手按住了李天成的手，他的嘴唇哆嗦着：你就不恨我？

李天成被李来中的话问住了，他愣愣地站在那里，松松地走到病床的另一边，在床边蹲下来。李天成突然拍着自己的胸口：老三，咱拍拍这一块儿，我啥时候得罪过你？你想想，你竟吐我一脸……

李来中：我知道你恨我，你恨我，还来管我的事儿？

李天成：我贱！

李天成说着有些激动，他站起来：村里恁些人都不来，我来，为啥？我得当这个支书了！是不是？我几个大棚种着，一年能进三四万，我为啥要干这个支书？你说说。

李来中不语。

李天成:你以为我多想当这个支书?当这个支书对我有啥好处?你说说。

李来中不语。

李天成:你说呀,有啥好处?

李天成说完又在床边蹲下来:那一年冬天咱俩拉着车子过黄河,一块儿到山东去卖盐,正赶上下大雪,手都冻成一道一道的血口子,走到半路你的车带没气了,咱俩躲到公路沟里生着火补车带,大冬天里咱俩一天没喝一口热汤,人都快冻僵了。你还记得那个时候我对你咋说的?你忘了?你忘了我可记着哩。我说,咱啥时候不出来卖盐就好了。可你看看,都到这个年月了,咱村里还有人指望着淋盐过日子!

李天成说完又拍自己的胸口:我心焦!

李天成站起身,激动起来:老三,我给你说句心里话,既然上头让我干,我就干好!我今天没喝酒,你看着呢,不醉!你把我今天说的话给你哥带回去,我李天成干支书没别的想法,就是不想叫咱村里人再去南地里淋盐!都像我一样种大棚,去城里卖菜,家家户户年年进个三万两万的!都像我一样家家户户盖楼!村里的寡汉条子都能娶上媳妇!我就想把咱村里的路都铺上柏油,进进出出不再蹚泥!老三,这就是我的想法,你说,我想错了?

这时一个女护士突然推门进来,她用惊疑的目光看着李天成和李来中:吵什么?

李来中:没吵没吵,俺说话哩。

护士:说话就不会小声点吗?

护士说完出去。李来中把目光收回来。

李来中:你说得怪好,能成吗?

李天成:你别嫌我说话难听,要是都像你,这事儿肯定不成。你咋就不明白,俺三叔,你就不会在你那几亩地上下下劲吗?我不是说不让你撑船,在河里撑船就不管种地了?你又不比谁笨,你不喝酒不中吗?你别结交那些不三不四的人不中吗?

李来中不语。

李天成：只要好好地干，像你这样的身板，养家总不会有啥问题吧。你总不能在河边住一辈子吧？等哪一天黄河里涨水，把你河边那两间破房子一淹，你还有啥？

李天成走到茶几前提起茶瓶往外走，走到门口又站住了。

李天成：老三，我今天话说重了，你听也好，不听也好，可我说的都是掏心窝子话。

李天成说着提着茶瓶走出去。

李来中看着那个关着的门，想着。他把目光移到茶几上的包子上，提起那袋包子，从里面拿出一个，咬一口，吃起来。

＃·黄河边、渡口

赵秋英肩上背着一个包和天成娘走过来。小军开着渡船从对岸过来，靠岸。

世超娘提着一个布包，和几个过河人从渡船上下来。

世超娘：嫂子。

天成娘：哦……是你呀，你看我这眼，不中了，这就看不清了，你这弄啥去了？

世超娘：世超他姨有病了，我过河看看。你这弄啥去？

天成娘：海燕她三舅结婚哩，我给媳妇去授头。

世超娘：去吧，天不早了。

赵秋英：那俺去了。

说着，她们往船上去。

＃·黄河边、窝棚里、傍晚

河道里映着傍晚的霞光。柳丛边的窝棚里，锅底躺在草铺上，红裙坐在那里。两人心事重重。

红裙：咱总不能在这儿待一辈子吧。

锅底坐起来：我不是给你说了吗，现在二哥当支书了，你大爷就得把公章交给二哥。那公章在二哥手里，不就等于在我手里吗？有了公章，开个证明，咱就去镇里登记结婚！

红裙：等到啥时候？我不等。

锅底：你说咋弄？

红裙：咱干脆出去打工，过个一年半载再回来。

锅底：啥也不是，我看你就是心野，出去容易，那家里咋办？

红裙：生米做成熟饭了，他有啥办法，顶多不认我这个闺女。

锅底：生米做成熟饭……哎，既然这样，咱干脆明天就结婚！

红裙：明天？

锅底：对，咱明天就举行婚礼！

红裙：在哪儿？

锅底：在村里。

红裙：给你妈咋说？

锅底：先不对他们说，咱生米做成熟饭，谁也没办法。

红裙：不说能中？

锅底：没事儿，二嫂和咱妈过河授头去了，咱舅在地里看菜，家里没人。

红裙一跃而起：好主意，这样一定很刺激！

锅底：同意了？

红裙叹口气坐了下来：俺爹要是知道了，不杀了我才怪呢？

锅底：为了爱情，为了幸福，你怕啥？

红裙搂着锅底亲了一下：好，为了爱情，死了也值！

锅底一跃而起，把红裙拉起来。他们走出窝棚。黄昏时的黄河。锅底情不自禁地对着宽阔的河面吆喝了一声号子。锅底的号子声在河道里传荡……

#・医院、病房、夜

李来中躺在床上睡着了，李天成趴在床边，用一个铅笔头在一张纸片上写着什么……

＃・新民家、夜

锅底、新民、春莲和红裙正在商量事儿。

新民:这个主意我赞成,都啥年代了,还不能自由恋爱?

锅底:新民,你两口子就是俺的媒人。

新民:还要媒人?你们俩上初中那会儿就谈,我这媒人算老几?

红裙不好意思地笑了。

春莲:说是说,笑是笑,总不能让我陪着红裙往锅底家一去,这个婚就算结了?

新民:那你说咋弄?

春莲:总得让村里人知道呀。

锅底:这还不容易,明天一早我和新民去镇里买菜,在家里待两桌客。

新民:对,我去把东柳庄的响器班子请来,一吹一闹,村里人不就知道了!

红裙:这事儿还是给二哥商量商量吧。二哥知道了,我心里就踏实,二哥是支书,万一出了事儿,他能顶着。

春莲:红裙说得对,锅底,你先去给二哥说一声。

锅底:中,我去。

锅底说着起身就往外走。

红裙叫住了他:哎——我明天就穿这一身?

锅底:咋能呀,我给你买了两身衣服,在家里放着呢。

红裙:我咋没听你说?

新民:那能啥都给你说,把衣服给了你,你要不愿意了谁能咋着你。

红裙笑了:死新民!

＃・医院、病房、夜

李天成趴在床边上睡着了……

＃・医院门前

李天成正在小饭铺里买饭。

＃・医院、病房

李来中正在床上躺着挂针。

护士走进来：看你的人哩？

李来中：他出去了。

护士：回来叫他去交钱。

李来中：交啥钱？

护士：你看病不得钱？

李来中：交罢多少了？

护士：三百。

李来中：三百还不够？

护士：够了还让你交？

护士说完走出去。

李来中自言自语：乖乖，住一天三百，那再住一天不还得三百？

李来中看着吊针。他突然用另一只手撕掉胶布，拔掉针头，下床，穿鞋，拎着衣服走出去。

＃·医院、走廊

李来中开门,探头朝外看。一个妇女手里高高地吊着一药瓶,扶着一个提着裤子的男人走过来。李天成提着饭出现在走廊里。

李来中忙躲进厕所里。

李天成从走廊里走过去。李来中从厕所里出来,他看着走过去的李天成,匆匆沿着走廊走出去。

＃·医院、病房

李天成提着饭回来,屋里已经没有了李来中。

李天成忙放下饭,他看了一眼挂在床边的吊针,发现李来中已经离开了医院,忙朝外走。

＃·医院大门

李来中一边走一边回头观望,走出大门,消失在人群里。

＃·医院、走廊

李天成寻找李来中。他来到厕所门前,朝里看一眼。

李天成:老三——

＃·医院大门

李天成匆匆地跑出来,他在熙熙攘攘的人群里寻找,没有看到李来中的影子。

李天成恨恨地:这货!

#·街道

李来中站在路边,一辆机动三轮开来,李来中扬手。三轮停下,李来中上车。车开走。

#·村街、锅底家门前

门前放着一张桌子,桌子上摆着茶瓶茶碗,一个唢呐班正在吹吹打打,四周围着一些看热闹的老人和孩子。新民和陈保卫抬着一张桌子走过来,走进院子里去。

李公社正帮一个厨子老师在一个大案子前忙活。

锅底正在房门前贴喜联。

陈老伦走进来:锅底……

锅底一看是陈老伦,忙从兜里掏烟,让陈老伦:吸支烟。

陈老伦接住烟:你这是……

新民:这你就看不出来?大红喜字都贴门上了,结婚。

陈老伦:你舅哩?

锅底:他在地里。

陈老伦:这孩子,你这不是儿戏吗,结婚是一生的大事儿,娘都不在家,能中?

新民:你真是老思想,现在都是新事新办。

陈老伦:你二哥哩?叫你二哥来也中呀。

锅底:找了,没找着他。

陈老伦:他能去哪儿?我去帮你找找。

陈老伦推起院里的一辆旧自行车往外走,锅底想叫住他,被新民拦住了。

新民:叫他去,找着了不省你的劲?反正这会儿村里都知道了。

#·黄河边

胡香云骑着车子沿着土路过来,下车支车,掏手巾擦汗往河里喊叫。

胡香云:小军——

小军从船舱里出来:大娘。

胡香云:你妈哩?

小军:去俺姥家了。

胡香云:赶紧叫她回来。

小军:有事儿?

胡香云:你姐要给锅底结婚哩!

小军忙摇开机器,开船往对岸去。

#·乡村公路

一辆机动三轮开过来,又开过去。三轮里坐满了人,李天成坐在车厢的最外边。

#·菜地、大棚

天成舅正坐在瓜棚下整菜。陈老伦骑车过来,下车:你真存气,锅底今天结婚,你咋还在这儿忙?

天成舅停住手里的活,吃惊地看着陈老伦:你说啥?

陈老伦:锅底结婚哩,你不知道?

天成舅:你胡说个啥。

陈老伦：我咋胡说，你没听村里的唢呐响？

天成舅的脸色一下变得苍白：这个孩子，反了！

陈老伦：你赶紧去吧，地里我先帮忙招呼着。

天成舅站起来，拎起衣服就往回走。

＃・李来望家、院内

田桂荣满头大汗，气喘吁吁地从大门里跑进来：嫂子——

胡香云闻声从屋里出来：红裙和锅底结婚的事儿你知道吗？

田桂荣：不知道呀。

胡香云：看看你两口子，连个闺女都管不住。当初恁说不愿意，你哥才把事儿给你们挡下了，你哥刚不干支书，那边就又吹又打地结婚哩，这不是打你哥的脸吗？恁哥都快气死了！

田桂荣：哎呀，这个死妮子，她要气死我呀！

胡香云：小军他妈，你就这样叫人家欺负？

李来望黑搭着脸披着衣服从屋里走出来，他伸手指着两个女人：还站着干啥，把咱家的几个媳妇都叫上，把红裙找回来！

胡香云拉着田桂荣就走。

＃・李来望家大门

胡香云和田桂荣走出来。

田桂荣：嫂子……

胡香云停住了。

田桂荣：把红裙弄回来，她要是寻死寻活的……

胡香云：你怕啦？

田桂荣：不是我怕，他二哥现在是支书……

胡香云：支书咋了，支书就跐着咱的头拉屎拉尿？

田桂荣：我怕锅底眼睛一红，啥都不讲了……

胡香云：他眼睛一红，那你干啥了？红裙是你闺女，他锅底能咋着，能吃了你？说不好咱撕他的嘴，砸他的锅！

＃・村街、锅底家门前

几个民间唢呐艺人正在那里吹吹打打，天成舅匆匆沿着村街走回来。他止住几个正在吹打的艺人。

天成舅：别吹了别吹了。

几个艺人停住，看着天成舅气呼呼地走进院子里。

＃・锅底家、院内

新民几个人正在院里忙活，天成舅气呼呼地走进门来。

天成舅：锅底——

几个人停下手来，锅底闻声从屋里跑出来，锅底：舅……

天成舅伸手给了锅底一个耳光，一下就把锅底打愣在那儿了，锅底用手捂着脸有些惊慌地看着他。天成舅看着院里的一切，伸出颤抖的手指着锅底：你……

天成舅气得说不出话来，他突然一拍大腿，长叹一声，丢下众人，走进屋里。

＃・锅底家、屋内

天成舅走进屋来，他一屁股坐在椅子上，新民、锅底跟进来：舅，你别生气。

天成舅：我不生气，问他眼里有我这个舅没有？锅底，恁大的事儿，你也不商量一声，这能是儿戏？你这算啥？你还叫我跟你妈出门不叫？你叫恁舅咋做人？

锅底：舅……

天成舅：这结婚是一辈子的大事儿，村里老少都看着呢，谁家不得请到？不知道的，还以为我不懂事儿。我老了，不说，你二哥现在是支书，你办这事儿，叫你二哥咋做人？

正说着，陈保卫匆忙进来：锅底，红裙她妈领着一帮女人来了……

陈保卫的话还没说话，院里就传来了田桂荣的喊叫声：红裙——

#・锅底家、院内

田桂荣在前，胡香云一帮几个妇女在后，涌进院门来，田桂荣拍着大腿喊叫。

田桂荣：红裙，你个死妮子给我出来！

天成舅、锅底、新民、陈保卫他们从屋里出来。

田桂荣：红裙，你个死妮子给我出来！

天成舅：他三婶……

田桂荣：谁是他三婶！说吧，把俺闺女弄哪儿去了？

锅底：她不在这儿。

田桂荣：不在这儿？在哪儿？

田桂荣拍着大腿朝屋里喊：红裙，你个死妮子出来不出来！

天成舅：别吆喝，有话好好说。

天成舅还没说完，田桂荣用手指点着他：谁给你说！我看你老糊涂了，别说俺没有同意这门亲事儿，就是同意了，也不是你这个办法，你这不是欺负人吗？你儿刚当了支书你就这样欺负俺？

胡香云：摆啥理，进屋找去！

胡香云说完，一群妇女就跟着她往屋里去。

＃・新民家、屋内

红裙正站在镜子前高兴地试着衣服，春莲匆匆地跑进来：红裙——

红裙停下，看着她。

春莲：你妈领着一帮人来闹事哩。

红裙放下手中的衣服，在身边的凳子上坐下来。

春莲：你赶紧走吧。

红裙：事儿都到了这一步，去哪儿？躲了一时躲不了一世……

红裙说完，站起来就往外走。

春莲：哎……

红裙没回头，只管走出去。春莲忙跟上去。

＃・锅底家、院内

院里院外挤满了人，田桂荣正质问锅底：你说不说？你不说不是……

田桂荣转身一下就把身边的桌子掀翻了，接着又把第二张桌子掀翻了，桌子上放着的碗勺盘子哗啦一声摔在地上，烂了一地。

田桂荣掂起板凳朝地上的没烂的碗勺砸起来，一边砸一边喊：我叫你不说，我叫你不说……

这个时候红裙从大门里跑进来：妈——

田桂荣停住，回身看到了红裙，她丢下手里的凳子，指着红裙：红裙，你……你要气死我呀……

田桂荣说着脱下鞋朝红裙打过来。春莲等几个妇女上来拦住了她。田桂荣左打右打打不到红裙，一屁股坐到地上，干号起来：咦……红裙，你要气死我呀……你一个大闺女家自己找婆家，你叫我还咋有脸出门。

红裙走到田桂荣的身边在,蹲下来:妈……

田桂荣:你要气死我呀……

红裙:妈……

田桂荣一把抓住红裙,站起来拉着她就往外走:走,跟我回家,别在这儿丢人现眼!

田桂荣拉着红裙走出院门,锅底一看,追过去。胡香云伸手把他拦住了。

胡香云:你就死了这条心吧!

锅底把胡香云推开,朝门外追去。

胡香云:咦,你还打人了!

胡香云跑着追出门去。

#·村街、锅底家门前

锅底走出来,胡香云跑着上前拦住了他。

锅底:走开!

胡香云:你不是打吗,你打呀!

锅底伸手指着胡香云:都是你个狐狸精搅和的!

胡香云也不说话,朝锅底一头撞过来,锅底没有防备,一下子被撞倒在地。

胡香云身边的几个妇女一拥而上,朝锅底撕打起来。

锅底没防着这帮女人会来这一手,只有招架的工夫,他在地上滚动着。

新民等人上来拦,可谁也拦不住。

胡香云:扇他的脸,叫他不要脸!

锅底挣扎着爬起来,他的嘴角被打出了血,他跑到街边拾起一块砖头,样子凶狠。

锅底:过来,哪个先过来我就砸死谁!

一群媳妇都愣在那儿。

锅底指着胡香云:胡香云,我的事儿都是你搅和的,今个我给你破上了!

锅底说完,手里拎着那半截砖头,转身沿着村路就往前跑。

#·李来望家、院内

锅底手里拎着半截砖头冲进来,李来望看到锅底吓了一跳:你干啥?

锅底不理他,冲进了厨房里。

#·李来望家、厨房内

锅底进来,抓起厨房里的东西就砸了起来,锅碗瓢勺,一会儿,厨房里就一片狼藉。

#·李来望家、院内

胡香云领着几个媳妇进来,她们听到了厨房里传来砸东西的声音。

锅底手里提着铁锨从厨房出来,他看院里的人一眼,也不说话,冲出门跑走了。

胡香云:他弄啥了?

李来望坐在凳子上,吸闷烟,不说话。胡香云跑到厨房门口,她一看就叫起来。

胡香云:他砸东西你咋不管呀?

李来望:砸,我让他砸,砸一个他赔一个。

胡香云:赔就算完了?人家都打到家里来了,你站着就不管,你咋恁好欺负?你咋恁瘪?你这下台干部连狗屎都不如……

李来望：你咋呼啥！

胡香云：我咋呼，人家都打到家里来了，还说我咋呼，我的老天爷，这日子没法过了啦……

胡香云说着坐在椅子上号啕起来：这日子没法过了……

李来中匆匆地走进来。随着进来了李家的几个男人。

李来中：咋了咋了？

胡香云一看是李来中，止住哭号，呼地一下从地上站起来，指着李来中：咋了，恁这一门子人鳖，谁想欺负谁欺负，刚才锅底又吹又打地和红裙结婚，这会又跑来把你哥家的锅砸了。

李来中：他凭啥？

李来望横了他一眼，气不打一处来：你说凭啥？就凭你被油田的抓起来！

李来望一句话把李来中打闷了，他站在一边，不语。

胡香云：欺负人也不是这个欺负法，你这一下台，他就敢这样，那往后去还有咱过的吗？

胡香云又坐到椅子上哭号起来：你们都别管，让人家来欺负……

李来望突然把身上的衣服脱下来往地上一摔，对院子里站着的人恶狠狠地说：都回家准备家伙！

＃·天成舅家、院内

院里站着许多邻居，陈保卫、李公社、新民等都在。锅底满脸泥土，气喘吁吁地坐在凳子上。

李天成正在对锅底发火：脑子一热，啥事都干出来了，你慌个啥？不就是一个媳妇吗？吃杏还得等到黄呢……

天成舅端着一盆水过来，放在锅底的面前：先洗洗，你看你那个样。

锅底把毛巾从盆里捞出来，擦脸。

天成舅：到底咋了？你说话呀。

锅底：我把他家的锅砸了！

天成舅：你这不是找事吗？本来咱就输着理呢……

＃·村街

春莲骑车过来，她看到前面过来了一群人，忙下车，调头往回骑。

李来中手里提着一棍铁棍在前面走着，他的身后跟着一群男人，手里也都拿着家伙，气势汹汹地往前涌来。

＃·天成舅家、院内

春莲推车匆匆地进来，紧张地：二哥……

众人都看着春莲。

春莲：李来望家来人了，手里都拿着家伙。

众人都看着李天成。

李天成：几个人？

春莲：黑压压的一群，李来中领头。

锅底噌的一下站了起来，但被天成舅喝住：锅底，你还想找事儿？

天成舅说完看着李天成。

天成舅：天成，快拿个主意吧。

李天成：新民，把刀拿出来。

新民站起来朝屋里跑去。

天成舅焦急地：天成……

李天成：你不是叫我拿主意吗？

新民手里拎着一把杀猪刀，从屋里跑出来，递给了李天成。李天成看了看手里的刀，最后把目光落在了锅底的脸上。

李天成：锅底，这回你要是怕了他，别说娶红裙，你这一辈子别想在人家面前抬起头来。

李天成说完把手里的刀递给了锅底，锅底一把接过来：我给俺龟孙拼了！

锅底转身冲出大门去。

新民看着众人：锅底是给咱出气哩，别让他吃亏了，都拿着家伙上呀！

新民自己拎着一把粪叉跟出去，陈保卫、李公社等人也都拿着家伙跟上。

天成舅急得直跺脚：天成，你这不是火上浇油吗……

李天成：舅，这回咱要是怕了他，我这支书就干不成。

天成舅：出了人命咋办？

李天成：不会，你看他来的人多，那是假的，都是看着李来望面子，要真打，没一个人愿意出面。

天成舅：锅底那个浑眼狗……

李天成：是李来中打头，没事儿，他还想娶红裙做媳妇。去吧，你先装着拦锅底，拦住拦不住都要拦。

天成舅朝外跑去。李天成看着舅的背影，走到自行车边，伸手拍了拍座子，推车。

#·村街

李来中领着人气势汹汹地走过来。

锅底手里握着杀猪刀从村街的对面过来，他的身后跟着新民一群人，手里也都拿着家伙。

锅底看到了走在前面的真是李来中，他的脚步犹豫了一下，站住了。

李来中领着人走到距离锅底十步远的地方也站住了。李来中的眼睛都是红的，他看着手提杀猪刀的锅底，把手里的铁棍晃了晃：锅底，你说咋打吧？

锅底咽了一口吐沫：我不给你打。

李来中：稀了？

锅底:龟孙稀了。

李来中:好,你说,是一对一还是一齐上?

锅底用手指指身后的众人:一人做事一人当,没他们的事儿!

李来中:你身上还有根骨头,那好……

李来中说完回身对身后的人挥了一下手:也没你们的事!

李来中说着往前走了一步。锅底站在那里没动。天成舅喊叫着小跑过来。

天成舅:锅底……

锅底:舅,你别过来,你要过来,我就先给自己一刀!

天成舅仍要过去,但被新民一把抓住了:他那脾气,真敢先给自己一下。

李来中又往前走了一步。锅底站在那里仍然没动。

李来中朝锅底冷笑了一声:孩子乖,你要是把我打趴这儿,下一辈子我就把闺女嫁给你!

锅底也冷笑了一声:这一辈子我就要做你的女婿!

李来中:你小子欺人太甚!

锅底:我没有欺负你,我们是自由恋爱。

李来中:你自由个屁!我给你说,恁三叔我可是活够了!

锅底:我应该喊你声岳父大人。

李来中冷冷地笑了:喊吧,先喊一声,一会儿就没机会了!

锅底:你放心,到时候我会喊哩,可这会儿不中,红裙我还没娶到手呢。

两个人拿家伙的手都在颤抖,两人越走越近,两边的人都屏着气,一切都是那样的静。

李来中又上前一步:那你就来吧!

锅底没有说话,他手中的刀子在颤抖……他们越来越近,一场血战一触即发。

突然从远处传来了急促的车铃声。

众人都被突然出现的车铃声惊醒了,众人回过头来,看到李天成骑车匆匆过来。

第　五　集

＃·村街

李天成骑着车子过来，他飞快下车，连车子都没管，车子咚的一下倒在地上。人们的注意力都被突然出现的李天成吸引住了，人们看着李天成跑过来，一下子横在了锅底和李来中的之间。李天成喘着气，他先看看李来中，又看看锅底：好，有种！

锅底和李来中也都愣住了。

李天成突然对着锅底，拍打着自己的胸口：锅底，先往你哥这儿穿！

锅底站那儿不动。

李天成：你穿呀！

锅底不动，李天成看着锅底：你不动手是不是？拿过来！

李天成一下子把锅底手中的刀子夺下来，他把锅底推到一边去。然后回身看着李来中，他指着自己的头：老三，有种往我这儿砸！

李来中站着不动。

李天成：砸呀！你不砸不是？

李天成劈手从他的手里夺过铁棍！把他推到一边。

李天成看看两边手里拿着家伙的村民：老少爷们，你们是跟着凑热闹，还是跟着看笑话？他俩一个被刀子穿倒那儿，一个被铁棍砸倒儿，你们心里才高兴是不是？他俩出了人命你们心里才舒服是不是？

众人都不语。

李天成：老少爷们，我求你们啦，咱干点正事儿不中吗？

这时陈世前走过来：天成说得对！还都提着家伙干啥？不算

完是不是？

众人纷纷把手中的家伙放下。

李天成：就这个闹法，越闹越穷！我们不能整天想着打架，要想法生法治这个穷根子。整天这样闹来闹去，啥时候是个头！我还是那句话，生气不如搞生产，打架不如打粮食。

陈世前：天成说得在理。我们新班子别的不干，就是要领着大伙治这个“穷”字！咋个治法，过两天我们还要召开村民大会，和大伙一块商量。一会都回家好好地想想，到时候也出出主意。今天的事儿就到这儿了，谁再出来闹事儿，就叫派出所里来抓他！都回去吧。

众人纷纷离开。

李来望突然从人群后面倒背着双手走过来，人们看到了他，又都停住了脚步。李来望一直走到李天成的面前站住了：李天成，现在你是支书了，嗯？你能保证，这个支书你就能干一辈子？

李天成：支书又不是俺的祖传家业。

李来望：对，你知道这就对了。我当初干支书的时候，也是雄心勃勃，可现在呢？我是个下台干部，嗯？你将来有一天也会下台，是不是？你说，这下了台就要受人欺负吗？

李天成：不能，当支书是老百姓，不当支书也是老百姓，都是公民。

李来望：说得还像句人话，可现在有人打到我门里，你管不管？

李天成：谁？

李来望伸手指着锅底：他！

锅底：你咋不说因为啥？

李来望看了锅底一眼：我轮不着给你说话。李天成，你是老少爷们的支书，可不是你李天成自家的支书。你兄弟把我家的锅碗瓢勺都砸了，你说这事咋办吧？

李天成：好说，砸啥赔啥。

李来望伸手止住了李天成：不，我不要你赔！

李天成：那你说咋办？

李来望：两条。第一，公了。

李天成:咋着算公了?

李来望:我去法院告他。他不是刚从拘留所里出来吗?我让他二进宫!

锅底:你吓唬谁?

李天成冷了锅底一眼。

天成舅过来:不说不中吗?你二哥不正管着哩?

李天成回头看着李来望:第二条?

李来望:第二条吗……

李来望说着看了众人一眼:咱村的老少爷们都在这儿呢,你只要当着大伙的面,给我跪下,赔个礼,这事儿咱一了百了!

锅底:李来望,这事儿跟二哥没关!

陈世前:来望……

陈世前没有说完,就被李天成拦住了:还有别的吗?

李来望:没有。

李天成平静地看着李来望:就给你跪下?

李来望冷笑:对。

李来望伸手指指四周站着的人:当着大伙的面,只要你跪下,我哈哈一笑,以前的恩恩怨怨咱一笔勾销!

李天成把目光移开,看着村民,然后又把目光落到李来望的身上:我给你跪下磕头,可以,但我也有一个条件。

李来望:你有啥条件?

李天成:你能不能叫咱村里的十几个寡汉都娶上媳妇?你能不能把咱村的这泥路换成柏油路?你能不能在村里建一所小学,让孩子们上学不再跑到镇里去?

李天成说完盯着李来望。

李天成:你只要说能,我这就给你跪下!

李来望:我没那本事。

李天成:那我就不给你跪!

李来望:我不能,你能吗?

李天成:我能!

李来望：好，李天成……

李来望对着众人：大家听到没有？这可是李天成说的，他能！

李来望又对着李天成：李天成，牛皮不是吹的，火车不是推的，你要是真能把这几件事办成了，我李来望当着全村老少爷们的面，给你下跪！

李天成：这可是你说的？

李来望：我说的！

李天成：好，为了你这句话……

李天成拍打着自己的胸口：我李天成就是搭上这几十斤也要干到底！

李来望：你说的比唱的还好听，你拿啥做保证？

李天成伸手朝他家指着：我家那幢小楼就是保证，只要他跟着我种菜，我保证也叫他赚钱。

李来望：这是一句空话！

李天成：我给家家户户订合同，包括你在内。

李来望：要是赔了呢？

李天成：赔了我给你拿出来！

新民带头鼓起掌来。

李来望的脸色灰暗，他气恼地：拍啥？嗯？

众人停下手。

李来望：他说这你们也信？你们都是两生三岁的小孩子？嗯？

李来望说完转身就走。李来中几个人也都跟着李来望走。

新民：我们信你的，都跟着你干了十几年了，村里还不是老样子？二哥家的小楼谁没看见，那能是吹出来的？

陈保卫：支书，啥时候能给我们订合同？

李天成：真想订，现在就管！走，去村部！

＃·村部、夜

灯光下，李天成正在和几个村民订合同。陈世前正在写着。

陈世前写好，掀开一张，去掉中间的复写纸，递给陈保卫一份，递给李天成一份。李天成接过来，看。

合同书的特写。

李天成看完，拿笔签上自己的名字，然后把自己的手指摁了红色的印泥，摁在纸上。

李天成把合同拿起来，放到嘴边吹了吹，最后递给身边的陈保卫。

陈保卫也在合同上摁了手印……

陈保卫、李公社拿着合同高兴地走出村部。

#・村街、夜

李天成和陈世前、陈老伦从一家农户里走出来。

陈世前手里提着一个包。他们一起走着，来到新民家。

#・新民家、房内

李天成、陈世前和陈老伦走进来。

李天成：新民，商量好没有？

新民：商量好了。

春莲：我正准备叫新民去找恁呢。

新民忙着搬凳子：坐坐。

陈世前在一张小方桌前坐下来，从提兜里拿出一叠纸来。

春莲忙着倒茶。李天成和陈老伦也坐下来。

李天成：新民，村长写着，二哥给你商量点事儿。

新民在李天成面前坐下来：啥事儿，你说。

李天成：我在大会上说过，村里没有招待费，所以咱村里的提留就不收了。

新民：只要合理，该交的还得交。

李天成：有你这句话我们心里就热乎了，支部商量过了，我们该使的补助费也不收了,啥时候我们村里的柏油路修好了,村里的小学盖起来了,再说。

春莲端水给李天成:那你们不是白干了?

李天成:咋能白干?你们富起来了,我们就穷了?那我们几个不都成了傻子了吗?

几个人都笑了起来。

新民:这你当了支书就是不一样。

李天成:哎,有的地方还一样,提留不交,统筹还得收,我们是小家,国家是大家,这大家跟小家一样,没有钱能中?你说是不是?

新民点头称是。

李天成:保卫、公社他们都交过了,你也得积极点呀。

新民:交,人家交我也交。

李天成:交了也不能让你白交,等咱村的统筹完成任务,我还想着让吕书记给咱跑点贷款呢。

新民:能贷给我点吗?

李天成:能,只要好好地干。

新民:哎,这合同好签,可我那地咋办?村东一溜,村西一溜,没有一块能搭大棚的。

李天成:这你放心,支部和村委已经商量好了,接下来就重新划分责任田。

陈世前停下手中的笔:听到没有,我们几个可不是光嘴上说说,说动地就动地,来的都是真格的。

新民:我也是真格的。

李天成:春莲,他要是说话不算数,就给他离婚,不给他在这儿过。

屋里的人都笑了起来。

 # · 黄河边、渡口

李来中手里提着一个小水桶,正在从河里往上提水冲洗船舷。

陈世超骑车从土路上过来。

陈世超：哎，老三。

李来中停下手中的活儿，看着陈世超：过河？

陈世超：不过河就不能到你这儿来？

陈世超支住车子，下坡，走上渡船，掏出烟来，让李来中。

李来中放下水桶，接过烟。陈世超用打火机打火，两人点烟，然后靠在了船头舱前。

李来中吸了一口：闲了？

陈世超：我去镇上，正好碰到汪毛，他让我给你捎个话……

李来中生气地：要钱不是？

陈世超：你是神仙？怎么一猜就准。

李来中：你也给他捎个信，想要钱，让他自己来拿。

陈世超：咋了，这么大的火气？

李来中：你表弟不够朋友！

陈世超：还为油田的事儿生气？

李来中：你说说，他够朋友吗？出事了，把我一个丢下，自己跑了！

陈世超笑了，说着往船边走：那就让他自己来要吧。

李来中：要也没有。

陈世超站住了，他回头看着李来中：老三，这话说过头了吧？不是人家该咱钱。汪毛的为人你也不是不知道，他真要是上了劲，领着几个人往你这儿一住，见天你不得让他吃喝？

李来中低着头抽烟，不语。

陈世超走回来：我倒有个办法……

李来中抬头看着他。

陈世超：汪毛家后边有个坑，他想垫起来，就是没地方起土，他说，只要你把坑给垫起来，你该他那四百块钱就不要了。

李来中：我上哪儿去弄土？

陈世超：你不是有责任田吗，起一层不就够了？

李来中：村里马上动地，我把好地起个坑，谁要？

陈世超：你叫锅底帮你起呀。

李来中:他帮我起就能分出去了?

陈世超:哎,糊涂了不是,他二哥不是支书吗?看他李天成把挖过的地分给谁,他分给谁谁都会去镇里告他!

李来中:要是分不出去呢?

陈世超:不是有锅底顶着吗?别人不要,他锅底要,锅底不要,就去给他李天成闹。

李来中:你说这,他李天成办不办都有麻烦?

陈世超:听过一箭双雕这个词吗?这就是。

李来中:那锅底就是傻子?他会帮我干这事儿?

陈世超:你不是有红裙吗?他想做你的女婿,这点事儿就办不成,那他还有啥话说?

陈世超又掏出一支烟递给李来中,李来中接过来燃着。

陈世超:你要是觉得说不出口,我去帮你说。

李来中:那你图个啥?

陈世超:你说图啥?我跟着你大哥干了十几年的村干部,没有功劳也有苦劳吧,就这样不明不白地让他李天成给整下去了,我干不干无所谓,你大哥呢?这口气伸伸脖子就咽了?

陈世超把手中的烟头扔进水里:老三,话我只能说到这儿,这事儿你自己看着办。

李来中:你这是为我好,我会有啥,只要你能说成……

陈世超笑:你就等着我的好消息吧。

陈世超说着走下船,上岸推起车子。李来中看着走远的陈世超。

李来中自言自语:怨不得人家都喊你狗头军师……

#·村街、李天成家大门前、黄昏

李天成骑车匆匆过来,进大门。

#·李天成家院内、黄昏

李天成推车进来，把车子支在院子里。赵秋英听到响声，从屋里出来。

李天成：饭好了吗？

赵秋英：好了。

李天成朝厨房里走去。

#·李天成家、厨房内、黄昏

李天成走进来，案板上已经冷好了两碗稀饭，他端起一碗一气喝下去。

赵秋英走进来。

李天成又端起第二碗：你慌啥，慢点不中吗？

李天成也不说话，又端起另一碗，又喝了一气，停住：舅的饭弄好了吗？

赵秋英：弄好了。

李天成又把碗里的稀饭喝完，放下，伸手从馍筐里拿起两个馍，先掰开一个，往馍里夹咸菜：小宁呢？

赵秋英：在屋里写作业呢。

#·李天成家、屋内、黄昏

屋里已经亮起了灯，李小宁和海燕都坐在小桌上写作业。

李天成一手拿着两个夹了咸菜的馍，嘴里嚼着走进来：小宁。

李小宁和海燕都停下笔，看着李天成。

海燕：爸。

李天成从衣兜里掏出一本书来，在桌子边蹲下来，打开，把嘴里的饭咽下去，这才指着书上的字：这两个字母怎么读？

李小宁把书拿正，看：IT。

海燕也把头伸过来看：爸爸，这就不认识？

李天成：爸爸老了，哎，什么意思呀？

李小宁：信息技术。

李天成：信息技术？

李小宁：是英文缩写。

李天成：噢……

李小宁：你看……

李小宁说着把自己的作业本翻过来，拿笔在上面写着。他先在本子上写了一个字母，他写一个读一个：WTO，这是世界贸易组织的英文缩写，UNESCO，是联合国教科文组织的英文缩写，PRC，这是中华人民共和国的英文缩写……

李天成：好好……可我一个也记不住。

李天成说着把那本书拿起来，装进兜里，又咬了一口馍：都好好地学，学会了好教我这个学生。

李天成说着往外走。

海燕：爸爸，你干啥去？

李天成：我下地，你爷还没吃饭呢。

李天成说着走出去。

＃·村街、李天成家大门前、夜

李天成推车从大门里出来，装饭的提篮挂在车把上。锅底迎面走过来：哥。

李天成：有事儿？

锅底看了李天成一眼：给我盖个章吧。

李天成：盖啥章？

锅底：我和红裙去办结婚证。

李天成：给红裙他爹说好了？

锅底：没有。

李天成：没有盖个啥？

李天成说着推车往前走，把锅底一个人丢在那儿。锅底又跟上去：哥——

李天成站住，回头看着锅底：你得先把她爹的思想做通了。

锅底没好气地：做通了还来找你干啥？

李天成：你说盖就盖了？我给你盖了，还让人家来闹？

锅底：章你只管盖，他闹我顶着。

李天成：你顶着，你咋顶，拿刀子给人家拼命？脑子一热，啥事都能干出来，就不想想后果？

锅底生气地：你盖不盖吧？

李天成：你说哩？

锅底：好好，指望着你当了支书给我出口气呢，哼，还不如人家呢！

锅底说完回身就走，李天成看着他走远，这才推车朝前走去。

＃·村街、夜

锅底走着，汪毛骑着摩托从后面过来，锅底听到摩托声，停住，他看到了汪毛。汪毛在锅底的身边停下来：锅底，你真难找着，我都转了两圈了。

锅底：有事儿？

汪毛：请你去镇上喝酒去。

锅底：喝酒？

汪毛：咋，怕我的酒药着你？走走，上车。

锅底：去就去，我还怕你？

锅底说着坐在汪毛的身后。

汪毛：哎，这才像个汉子。

汪毛说着开车离去。

#·小酒馆、夜

桌上已经摆了几个小菜和餐具。汪毛把锅底引进屋里来:来来,老弟,请坐。

汪毛把锅底推到上座。

锅底:毛哥,按哪一条也轮不着我坐这儿。

汪毛:这你就不知道我的脾气了,坐坐。

汪毛把锅底按坐下来,自己也坐下来,打开酒瓶往酒杯里斟酒。然后两人端起酒杯。

汪毛:来,干杯。

两人碰杯喝酒。

锅底:毛哥找我有事儿?

汪毛:没事就不能请你喝酒?

汪毛一边斟酒一边说:带头出来抗粮,带头到县里告状,带头封村里的账,汉子呀。

锅底:毛哥过奖了。

汪毛:恁村里的事儿做得利亮,我最喜欢交你这样的朋友。

锅底:我也是,咱黄河边十里二十里,谁不知道你汪毛?

汪毛:还不都是兄弟们捧场。来,干杯。

两人喝酒。

汪毛又斟酒:兄弟,你二哥全靠着你这一闹呢,要不,他怎么能当上支书?

锅底:当还不如不当呢。

汪毛:那可不一样,你二哥这一当支书,你和红裙的事儿就好办了。

锅底:好办啥,我让他盖章他都不盖。

汪毛:不会吧……

汪毛看了锅底一眼：哎，你和红裙的婚事儿闹到这一步，你可不能软蛋呀。

锅底：不是我软蛋，是红裙她爹不同意。

汪毛：哎，现在的情况还是对你有利，你想，你和红裙在村里这样一闹腾，这黄河边十里八里谁不知道？现在你得主动点儿，多给红裙家里干点事儿，给她爹妈找个台阶下，这事儿不就成了？

锅底：我能干啥事儿，去给她家撑船？

汪毛：那不太笨了？你得做些让他们吃惊的事儿，做些让他们感到惊喜的事儿。

锅底：给他家买辆汽车？我去哪儿弄钱？

汪毛：我们今天既然成了朋友，这事儿毛哥就要帮你一把。你村里不是准备重新划分责任田吗？我给你在镇上找个家，在没分地之前，你把红裙家地里的土拉卖了，然后把钱送上门去，这不是个惊喜？

锅底：土挖了，地咋办？

汪毛：看你，分地的时候一下不就调给别人了？

锅底：村里人会同意？

汪毛：谁不同意？你二哥是支书，胳膊能拧过大腿？

锅底：我二哥要是不同意呢？

汪毛：他有啥不同意？你二哥有今天，还不是你立了汗马功劳？再说，为了你的婚事儿，他总不能拿着胳膊往外拐吧？

锅底点头称是。

汪毛端起酒杯：按我说的做，你和红裙的事儿准成。

两人碰杯，喝酒。

锅底：等事成了，小弟一定请你。

汪毛：好好，咱今天就先喝个痛快……

汪毛说着又斟酒。

＃・镇上的街道、夜

汪毛和锅底从小酒馆里走出来，锅底酒喝得有些高，他去推车子。

汪毛：好。你走好。

锅底：我没事儿。

锅底骑车沿着街道往前去。陈世超从小酒馆里走出来，他看着远去的锅底，冷笑。

陈世超：这下有好戏看了。

汪毛：唱戏是人家的事儿，你先去把今天的饭钱结了。

陈世超：你放心，账都记在我的名下。

＃・黄河边

渡船靠岸，小军正在帮助过河的人往船下推车子。

红裙蹲在不远处的河边洗红薯，突然有一个泥块从岸边的小堤后面投过来落进了水里，泥块溅起的水花吓了红裙一跳，她回头看，岸上没有一个人。她又回头洗红薯，又有一个泥块落进河水里。红裙回头又看了一眼，她暗自笑了一下。她站起身来，朝她家看了一眼，又朝船上看一眼，悄悄地朝岸上走去。

＃・河岸下，草丛

红裙走过来，她看到锅底正躲在河岸下的草丛里，她一猫身就钻了进来，锅底一下把她抱住，两人亲成一团。

红裙把锅底推开：胆不小，不怕俺爹看见打断你的腿。

锅底：打断了好，我住你家就不走了。

红裙：我才不要瘸子呢。哎，证明开了吗？

锅底：二哥不开。

红裙：不开咱咋去登记？

锅底：不慌，现在我有一个计划，准能让你爹，不不，让我的岳父大人大吃一惊。

红裙：啥计划？

锅底：暂时保密。

红裙：对我也保密？

正说着，河道里突然传来了田桂荣的喊叫声：红裙——

锅底：你妈，去吧去吧，等事成了我再告诉你。

#·黄河边

田桂荣正在问小军：恁姐哩？

小军：刚才还在呀。

田桂荣四处寻找，喊叫：红裙——

红裙一边装着系腰带一边从河堤下走上来。

田桂荣看见了她：耷了吗？

红裙装着生气地：不就解个手吗，我又不是跑了。

红裙说着走到河边继续洗红薯。

#·田地

一辆机动三轮停在田间小路边，锅底正在满头大汗地往车上装土，车已经装满，在他的身后，有一片田地已经被他起了一层土。陈世超扛着铁锨从田间小路上走过来。

锅底把铁锨横在车上，然后走到机动车边。

陈世超：帮你老岳父起土哩？

锅底看了他一眼，没说话，只顾拿起摇把摇开机器。

陈世超：把熟土都起了，这地分给谁？

锅底：分给谁是谁，命摊的。

锅底说完上车，开着三轮离开。陈世超看着那被挖过的土地，冷笑。

＃・村部

李天成、陈世前、陈老伦几个人正在开会。

陈老伦：李来中把地挖了，村里人都讲反了。

陈世前：天成，你看这事儿咋办？

李天成：不动，谁挖还是谁的地。

陈世前：这事儿连着锅底，是不是先给他通通气？

李天成：他就那驴脾气，牵着不走，打着后退，越说越有事儿。

陈老伦：他要是在会上闹起来咋办？

李天成：水来土掩，兵来将挡。明天该咋分地咋分地。

＃・村部、院内

村里正在开群众大会，陈世前、李来中、锅底、陈老伦、新民、陈世超和村里的群众都在院子里站的站，坐的坐，李天成正在讲话：有人听说调地，把地里的土挖了……

众人的目光都往李来中那儿看……

李天成：别人的眼睛都是留着出气的？你光想沿高岗，那洼地叫谁走？支部和村委会定了，谁家的地挖了，这回还是谁的地，不调。

李天成还没讲完，李来中噌的一下站了起来，他指着锅底：锅底，听见没有？你咋挖的你咋给我填回去，填不好我就要你家的地！

众人的目光都注视着锅底，锅底站起来，冷着眼睛看着众人。

锅底：好呀，说吧，这地谁不让动，站出来，谁不让动地，今天我就把命交给谁。

锅底说着脱下自己的衣服，扎个打架的架势。众人都看着李天成。

李天成:我说的。

锅底:你说的,好呀,今天我就把命交给你。

李天成:大伙都去地里分地,我们兄弟留下理论。

众人坐在那里不动。

李天成:咋,都没听见?

陈世前站起来,他晃着手里的卷尺和账本:大伙都听支书的,我们去分地。

说完,陈世前领头走出院子,众人一窝蜂似地跟着离开了院子,陈世超一边走一边回头看着。

李来中:锅底,地你给我弄不好,从今后,你别想再踩我家的门!

李来中说完也走出门去。一院子里的人都走光了,只有陈老伦蹲在那里吸闷烟。

锅底站在那里,看着李天成,满腔怒火地:你说,我还是不是你兄弟?你让我丢这样的人?

李天成:那我是不是你二哥?你给我出这样的难题,你说,你把地挖成那个样子,我调给谁?你就不明白,我现在不光是你二哥,还是村里的支书!

锅底:你张口合口支书,你干支书咱家沾不了一点光,你干那龟孙弄啥?

李天成:锅底,只要你二哥干着支书,想从我这儿沾光,你就是等到铁树开花,等到老鸹扎白毛,也不会有那一天!

锅底:你是怕支书干不成是吧?我看你也是光想着自己,派出所来抓我的时候,你拿着我的粮食往外扛,我让你给我盖章去办结婚证,你不盖,我没有你这样的二哥!我都二十好几的人了,连个老婆都没混上,我活着还啥意思……

锅底说着把手里的衣服往地上一摔:来吧,今儿个我就把命交给你!

李天成:真打呀?好吧,你等着,我把鞋脱到屋里,给你侄子留着,恁哥挣钱买双鞋不容易,别溅上血了。

李天成说着就往村部办公室里去，陈老伦忙跟过去，把锅底一个人丢在院子里。

＃・村部、办公室内

李天成走进来，陈老伦匆匆地跟进来：天成，你别胡来。

李天成给陈老伦使眼色，小声地：你过来干啥？劝他走呀。

陈老伦忙回身，走出门去。李天成回头往外看着，一边搬起一只凳子，走到后窗前，放下。他轻轻地推开窗子，从窗子里跳到外边去了。

＃・村部，院内

锅底气鼓鼓地往屋里去，陈老伦拦都拦不住。

锅底：李老二，你出来！

锅底推开陈老伦，顺手操起一把铁锨，朝屋里冲去。

陈老伦忙跟在后面：锅底……锅底……

＃・村部、办公室

锅底手里操着一把铁锨闯进来，可是他一下子愣住了，屋里没有一个人。陈老伦也跟过来。

陈老伦：锅底……

陈老伦叫了一半停住了，他也看到屋里没有一个人。

锅底声嘶力竭地：好呀，你这样耍我！

锅底转身就往外走。

＃·村街

锅底手里提着一把铁锨一路走来,他嘴里不停地吆喝着。

锅底:李老二,你出来,有种你别跑呀……

＃·村街、李天成家门前

锅底手里提着铁锨一路怒气冲冲地走来,他来到李天成家的大门前,李天成家的大门却上着锁。锅底上去用铁锨把捣着大门:李老二,你要我……

锅底捣了两下,把手中的铁锨丢在地上,从大门边拾起一块砖头,朝门锁上砸,他砸一下就叫一句:李老二,你要我……

天成舅匆匆地从村街里过来,他看到锅底正在砸李天成家的门锁,就小跑着过来。

天成舅恼怒地:锅底!

锅底回头一看是满脸怒气的舅,愣住了。

天成舅也不搭理,弯腰脱鞋就朝锅底劈头盖脸地打起来。锅底躲避着,伸手抓起丢在地上的铁锨,沿着村街逃走了。天成舅手里提着鞋朝前追赶了几步,气喘吁吁地站住了。

李天成骑车过来,把车支住,来到舅的面前:舅……

天成舅仍然看着锅底逃走的方向:瞎养活他,也不知道是刁是傻,给自己二哥耍横……

李天成:舅,你别真生气,他就那脾气……

天成舅把手里的鞋丢在地上,一边穿一边说:看看锁砸坏没有。

李天成:锁砸坏了咱再买一把,舅,你千万别生气。

天成舅:我不生气……你下地忙去吧。

天成舅说完,倒背着双手朝来路走去,李天成看着舅走去的身影,又回头看看锅底跑去的村街,这才走到门前,去看他家的门锁。

李天成掏出钥匙开锁。

李天成心疼地：一把锁十几块，还真砸了……

＃·田地

李天成正在用锤子往地下楔铁锥。新民提着灰桶在一边等着打灰橛。

陈世前、陈老伦指挥着村民正在量地。

陈世前翻着账本：下一户，李公社。

李公社：在这儿。

几个人拉尺的拉尺，开始量地。

锅底开着机动三轮从田间小路上过来，天成娘坐在上面，锅底把车停下来，把天成娘从车上扶下来。李天成听到机器声，停下手里的活儿，朝小路上看。

天成娘在锅底的搀扶下，颤巍巍地朝人群走过来。

众人都停下手里的活，看着，最后都把目光落在了李天成身上。

李天成放下锤子，忙朝天成娘走去。天成娘伸手指着李天成，声音颤抖着。

天成娘：天成，你咋恁狠的心？

李天成：妈……

天成娘：我不是你妈，说吧，那地你动不动吧？

李天成：妈，有话咱回家说……

天成娘：不中，就在这说，锅底的事儿你给他办不办吧？

李天成：没法办。

天成娘气恼地：咦……你想气死我呀……

李天成往天成娘身边一蹲：妈，想打你就打吧。

天成娘气不过，伸手朝李天成的头上打了两下，最后她扬到空中的手停下了。

天成娘突然哭号起来：你要气死我……

李天成蹲在地上抬头看着娘：妈，你不打了？

李天成一转身背起娘就走，一边走一边说：不打了咱就回家说。

天成娘在李天成的背上，一边哭一边用手打着李天成。

李天成只顾背着娘走。

李天成边走边委屈地说：打吧，打吧，想打你就打吧……

李天成说着说着，泪水就从他的眼睛里流下来。

天成娘在李天成的背上挣扎着：你让我下来，让我下来。

李天成放下娘，他泪水涟涟地看着自己的老娘：妈，这么多人都看着，你就给我个面子好不好？

天成娘回头看着黑压压的村民，慢慢地转回身，她朝来路走去，边走边哭述着。李天成忙跟上去，扶着娘走。

天成娘：天成，锅底说个媳妇容易吗？人家当支书的时候打绊，这你当了支书也打绊……

李天成：妈……

天成娘：锅底万一想不开，有个好歹……

李天成：不就是一个媳妇吗……

天成娘停下来，看着李天成：红裙你能给他说成？

李天成：你放心，这事儿包在我身上。

天成娘：真哩？

李天成：我啥时候给你说过瞎话。

天成娘伸手给李天成擦了一下脸上的泪：早说呀，孩子乖。

天成娘回身朝远处的锅底喊：锅底，回去，别耽误恁二哥分地……

锅底也不看众人，他走到机动车边，开起三轮在地里调头，朝天成娘那儿开过去。

众人的目光……

＃·吕怀朴办公室

吕怀朴在办公桌前坐着，李天成在沙发上坐着，正在说话：贷款的事儿,我尽量地给你跑。

李天成:有你这句话,我就吃了定心丸了。

吕怀朴:别先吃定心丸,我交给你的任务完成得怎么样了?

李天成:俺村的统筹款已经交齐了。

吕怀朴:我说的不是统筹款。

李天成:书,是不是?看完了。

吕怀朴:我先考考你,什么是市场经济?

李天成:市场经济就是买方经济,我说我种的菜多好多好,要是没人买,瞎种,一个钱不值。

吕怀朴笑了,他拉开抽屉,拿出一张纸,走到李天成的面前,把纸放茶几上:我这儿有张试卷,你先答答看。

李天成笑了,他不好意思地抓着头皮:真考呀?

吕怀朴:怎么,还想蒙混过关?

李天成笑了,他拿起试卷,看……

#·镇政府大门口

陈世前和陈老伦正在门口等着。陈世前有些焦急地看着手表。

陈老伦:咋还不出来了,都半个小时了。

他们正说着,李天成沿着通道走过来,他的手里还拿着一张卷子。

陈世前和陈老伦忙迎上去。

陈世前:贷款的事儿咋样?

李天成:吕书记答应了。

陈老伦:答应了就好。

陈世前看着李天成手里的纸:啥?

李天成把手里的纸递给了陈世前,陈世前接过来,看。

考卷特写。在纸的上面,写了一个用蓝色的钢笔打的分数:98。

陈世前:考得不少,九十八。

李天成:这可比生产队的工分好挣多了。

李天成说着接过试卷,叠好装进兜里:走吧,明天进城……

#·村道、黎明

几辆机动三轮先后从村道上开过来,新民、陈保卫、李公社分别开着车。李天成、陈世前、陈老伦坐在新民开的机动三轮上。

#·丁字路口

几辆机动三轮从村道上开过来,开上了乡村公路。

#·县城、土产仓库大门前

几辆三轮开过来,开进大门。

#·仓库内

陈世前、陈老伦、陈保卫、李公社他们正在往车上安搭大棚用的竹竿……

另一辆车前,李天成和新民正在往车上装成捆的塑料薄膜……

#·村街

几辆装满竹竿和塑料薄膜的机动三轮开进村来。村民们都围上来……

♯・大棚田地

在离李天成家菜地不远的地方，李天成正在领着村民搭塑料大棚……

大棚不远的田间小路上，堆放着扎大棚用的竹竿和木棍。陈老伦正在用斧头砍着木棍，他累得满头大汗，停下来擦汗。

♯・黄河边

李来中正蹲在船上拿着一根大葱就馍吃，陈世超推着车子走过来：大葱就干馍？

李来中不理他，只顾自己吃。

陈世超推车上船。李来中站起来去摇机器。

陈世超不好意思地笑了笑：哎，地分好了，没去看看？

李来中白了他一眼：看啥？再看也是个坑。

陈世超：是坑也不能让人家占呀。

李来中：谁占了？

陈世超：哦，弄半天你不知道呀，新民的地给你挨着是不是？上午我走到那儿用眼一照，就看出来他那大棚盖到你地里去了。

渡船已经到了河心，李来中看着陈世超，河风吹打着他的衣服。

李来中：真的？

陈世超：我说了不算，你自己到地里看看就知道了。

渡船到岸，陈世超搬车下船，他来到岸上，看着李来中把船开离河岸，才朝李来中喊。

陈世超：哎，来中，你可别说是我说的呀。

李来中：不是你是谁？

陈世超看着渡船开远，嘴里嘟囔着，推车走。

陈世超：这货，我一片好意……

♯·田地、大棚

新建起的大棚旁，新民和春莲正在大棚里忙活。

李来中扛着铁锨气冲冲地过来。他站在自己被起了土的地头上朝前观望。李来中看了几眼朝新民的大棚走去，人还没有到跟前，就可着嗓子喊。

李来中：新民，你出来。

新民和春莲先后从大棚的小门里钻出来。

新民：有事儿？

李来中也不摆理，他上来拉着新民就往地头上走。

新民：干啥干啥？

李来中把新民拉到地头上：干啥？你自己看。

李来中用手指着新民的大棚：你的大棚占着我的地了。

新民：我咋会占你的地？

李来中：占不占你自己看。

李来中拉着新民指着前面的大棚：你看地里起土了不是？可没起到边，这一看不就看出来了？

新民：两看我也看不出来。

李来中：这搭眼一看就清清楚楚，你咋硬说没有？

新民：占没占，能是你嘴说的？

李来中：对，不是用嘴说的，咱找灰橛！

新民：找灰橛就找灰橛，我还能怕你？

新民吩咐春莲：你去叫支书来。

春莲朝李天成的大棚边跑去。

李来中：别说叫支书，你叫书记我也不怕！

新民拿起铁锨正在地里找灰橛。

李来中：你往哪找？

李来中指着自己的脚下：灰橛在这儿，你在那找，到鸡扎牙那一年你也找不着！

李来中说着从新民的手里夺下铁锨，往回走两步，在土里找。找了几下，新民就受不了了。

新民：眼看着在这边，你在那儿找，到狗下蛋那一年你也找不着！

新民说着就去李来中手里要铁锨，但被李来中一下推开了。

李来中：你咋知道不在这儿？分地的时候我在灰橛边上埋的有石头，你看，这不是石头吗？

李来中真的挖到了一块石头，接着，他真的找到了石头边上的灰橛。

李来中：你看看，这不是灰橛吗？

新民：是灰橛也不说明我占你的地呀。

李来中：还不占我的地？

李来中说完拉着新民往他身边去：你看看，站这儿一照不就看出来了？

新民：两照我也看不出来。

听到吵架声，在附近干活的陈保卫、李公社等人都跑了过来。李来中和新民两个人已经抬火了，谁也不让谁。

李来中：你这熊人咋这样，这大棚明明盖在我地里！

新民：还有一头的灰橛没找到，你咋就说我占你的地了？

李来中：哎，这明明占着我的地，你咋就说没有？

新民：那没有！

李来中：不论理是不是？你不论理我把大棚给你扒了！

新民：你敢！

李来中：我有啥不敢？你占我的地，还有理了？

李来中说着拿起铁锨就往大棚那儿去。陈保卫上前来拉他，但被李来中一下子推开了。

新民：别拉他，有种叫他扒！

李来中拿着铁锨，跑到大棚那儿举锨就铲新民的大棚，他几下就把大棚边上的塑料薄膜和竹竿铲坏了，一边铲一边嘴里还叫着：叫你占，叫你占！

陈保卫、李公社忙上去拉李来中,可就是拉不住,李来中还一个劲地铲。

新民一看大棚被铲坏了,眼就红了。他从地上拾起一块砖头,跑过去朝正在铲大棚的李来中头上就是一家伙。李来中手中的铁锨落在了地上,他伸手捂着头,蹲在了地上。有血从他的头上流下来,一圈人都愣住了。陈保卫上来拉着李来中。

陈保卫:来中,走走……

李来中把手拿到眼前,他看到满手都是血,噌的一下从地上站起来,伸手操起铁锨就朝新民扑去:新民,我日你祖宗……

李来中手里拿着铁锨凶狠地朝新民扑去。陈保卫、李公社忙上前拉住他。

新民一手掂起一块砖头:保卫,别拉他,叫他过来!

李来中推开陈保卫,横起铁锨,朝新民砍去。眼看两人又要打起来,李天成和春莲跑过来。

陈保卫又上前拉住了李来中。

李天成:新民,人家头都出血了,还掂着砖头干啥?

新民指着被铲坏的大棚:你看,还没弄好,他就给我铲了。

李天成:他铲你就拿砖头去砸?你这一下要是把他砸过去了,别说大棚,你还得给他抵命呢!

新民松松地把砖扔在了地上。

李天成上来拉李来中:走,先回村看伤。

李来中:大棚盖到我地里,还不叫说。

李天成:真要盖到你地里,让他挪,可你也不能铲人家的大棚呀?人家才辛辛苦苦地盖起来。

李天成过来拉李来中:再说,这地已经给你调出去了。

李来中意外地:调给谁了?

李天成:锅底的,他自己愿意的。

李来中:他愿意我还不愿意呢。

李天成:别讲愿意不愿意,这事儿回头再说,走,先回去看伤。

李来中:我不走,他得给看!

新民:看?我不给你看!你还得赔我的大棚呢!

李天成:还吵是不是?要是吵不过瘾就打,还操家伙打!来中,小军还没到说媳妇的年龄,操家伙打吧,我不管了!

李来中不语。

李天成又看着新民:新民,趁着春莲还没回娘家,还在这儿给你过日子,你也操家伙打!

新民也不语。李天成说着拾起铁锨递给李来中,又拾起一块砖头递给新民。

李天成:没打过瘾还打!看着恁打!我真想不明白,咋动不动就掂家伙?不打不中吗?和和气气地说不中吗?

两个人都不说话。

李天成:不打了不是?

李天成过去把李来中手里的铁锨拿掉,插在土里,又走过去把新民手里的砖头拿掉。

李天成:不打咱就按不打的说。保卫,你和公社把地那头那个灰橛找着,找着了谁也别动,等着我回来。

李天成说完拉着李来中就走:走。

李来中跟着李天成走出地头,李来中一边走一边回头指着新民:我给你没完。

新民:买个鳖子没腿,我专(砖)等着呢!

♯·新民家、夜

李天成和新民正在说话。

李天成:你把人家的头都打破了,你还有啥不算完的?

新民:我又没有占他的地,他凭啥铲我的大棚?他得赔我!

李天成:他铲你的棚不对,你把人家的头砸破了就对了?

新民不语。

李天成:再说,说话就不讲个地方,你当着那么多人让他赔你,他会同意？来中那样的人，你还不知道？死要面子。

李天成说着从兜里掏出一百块钱来：我刚才到来中那儿去了，这是他赔你的一百块钱。

新民愣住了。

李天成：还看啥，人家都愿意赔你了，你还有啥话说？

李天成把钱递到新民的手里：这事到这就完了，不能出去说这说那的。

新民：好好，我不说。

李天成：你不说，你这张老鸹嘴？

新民：说不说就不说。

李天成：好了，睡吧，在家里再睡几个好觉。

李天成说着往外走：等大棚里的菜出来了，你就没有这福了。

＃·黄河边、李来中家门前

红裙正坐在门前杀鱼，李天成骑车过来。红裙看见，站起来，笑：二哥。

李天成对她使了个眼色。

红裙往屋里喊：妈——

李天成支住车子，走过来。

田桂荣从屋里出来：是支书呀。

李天成：做饭呢？

田桂荣：做饭，今天在这儿吃，小军从河里网了几条鱼，我正说让小军给你家送两条呢。哎，听说你把俺的地给调了？

李天成笑了笑：不是我，是锅底自己愿意调的呢。人呢？

田桂荣：在屋里躺着呢。

李天成往屋里去，田桂荣也跟进去。

♯·李来中家屋内

李来中正在床上躺着，田桂荣跟着李天成进来：支书来了，还不起来？

李来中起来，下床：你坐。

李天成坐下：还疼吗？

李来中：没事儿。

田桂荣：新民也是，也不能往俺头上砸呀。

李来中白了田桂荣一眼。

田桂荣：不让我说是吧？

田桂荣哼了一声，端着水盆出去。李来中横眼看着妻子出去，这才回过头来。

李天成：昨晚我去新民家了……

李天成的话还没说完，李来中就站了起来：他咋说？

李天成：他还能咋说，我把他熊了一顿。他认错，不该拿砖头砸你。

李天成说着从兜里掏出一百块钱来，放在桌子上。

田桂荣又端着水盆走进来。

李天成：这是他包你的药费。

李来中看着那一百块钱，慢慢地从床上下来，他把钱往李天成面前推了推。

李来中：既然他这样说，这钱我不要。

李天成又把钱推到李来中的面前：收起来，人家实心实意给你认错，你不要算啥？算我没面子？

李来中不语。

李天成：我知道你的为人，讲义气，别人敬你一尺，你敬别人一丈。可你这脾气也得改一改，往后去做啥事儿不能动不动就上火。

田桂荣：支书说得对，你火啥？啥话不能好好地说？

李天成：就说昨天那事吧，地两头的灰橛都找出来，结果人家没占你的地。再说，那新民也是个讲面子的人，你毁了人家的大棚，还说不算完，他就是一心想认错，也不会当着那么多的人说呀，你说是不是？

李来中点头。

李天成：该给人家台阶的时候，就得给人家个台阶，说两句好话，能小了谁？啥事咱都得讲个理，这事到这就完了，他赔钱的事儿也别往外说。

田桂荣：又不是啥光彩的事儿，说啥。哎，支书，俺那地真是锅底自己愿意调的？

李天成：锅底你还不知道？讲义气。

李来中：哎，你回去给锅底说，他愿意我也不调，我不占他这个便宜。

田桂荣：看看，刚才支书咋说你的，又上劲了？

李天成：你知道锅底调你那坑地准备干啥？他准备挖塘养鱼。

田桂荣：挖塘养鱼？

李天成：养黄河鲤鱼，这个项目我考察过好几回了。

田桂荣：那得多大本？

李天成：我准备给他投五千块钱，干起来了，一年收入个两三万跟玩儿的一样。两三年过来，锅底手里也有个十万八万的。

田桂荣叹气：唉，俺啥时候也能干点事儿？

李天成寻看屋里的东西。

李天成：老三，我也不是说你，小军也不小了，该说媳妇了，你得想法把村里的房子翻腾了，总不能老住在这儿呀。

李来中不语。

田桂荣：用嘴翻腾？支书，也不怕你笑话……

李来中：我们爷们说事儿，你哪恁些话？

田桂荣：不说我急，看看谁像你，弄得家不像个家，人不像个人！

李天成：婶子，抬杆也不解决问题，得想办法。

田桂荣：就这不死不活的样子，想啥法也不中。

李天成：一村的人都在干大棚，咱就不会干？

田桂荣：欠一屁股债，用啥盖？一家人下去扛着？

李天成：老三，我就听你一句话，想不想干？

李来中：哪个龟孙不想干。

李天成：好，有你这句话，我把大棚让给你一个。

李来中站起来，用不相信的目光看着李天成：把大棚让给我？

田桂荣：一个大棚两千多，说让就让了？

李天成：咋，信不过我？一会儿我让村长过来，给你写个协议。

李来中站在那里，看着李天成，他的手都在颤抖。李来中突然蹲下来用双手捶打自己的头。李天成急忙拉住李来中：这干啥？

李来中十分内疚，可又没法说出口：我……

田桂荣：唉，这叫俺咋谢你。

李天成：别的不说，事就这样定了。

李天成说着站了起来，往外走。

 # · 黄河边

李天成从屋里走出来，田桂荣和李来中跟出来。

田桂荣：等等，把鱼拿两条。

田桂荣说着就去红裙面前的盆里捉两条鱼。

李天成推车走：不拿。

田桂荣把鱼递给李来中：给支书送去。

李来中接过鱼，去追李天成。田桂荣长长地叹了一口气。

红裙从后面偷看着田桂荣，她装着难受的样子，呕吐起来。田桂荣回过头来：红裙，咋了？

红裙也不说话，她跑到河边蹲下来，拍打着自己的胸口，做出难受的样子。田桂荣匆忙地跟过来，弯腰拍打着红裙的后背。

田桂荣：哪不舒服了？

红裙：我光想吃点凉东西？

田桂荣:光想吃凉东西?多长时间了?

红裙:有一二十天了。妈……我有两个多月没来例假了。

田桂荣吃惊地:是不是有了?

红裙:妈,看你……

田桂荣:跟谁呀?

红裙:你说跟谁,还有谁……

田桂荣:锅底?咦……

田桂荣用手指头点着红裙的脑门:你爹要知道了不打死你。

田桂荣说着回头往岸上看了一眼。

红裙:那你去跟爹说吧。

田桂荣:那可敢。

红裙:妈……那我的事儿……

田桂荣:死妮子,事都这样了……唉,我去劝劝你爹。

田桂荣说着站起来,往岸上走。红裙看着田桂荣的身影,偷偷地笑了。

#·李天成家、屋内、夜

李天成坐在里屋的门口边洗脚。赵秋英肩上搭条毛巾,气呼呼地铺床。

李天成:这事我不得给你商量吗?

赵秋英突然停住,回过身来:你商量啥,你想给谁你给谁,我不管!

李天成:看你……

赵秋英:我咋了?你想想你自己做的啥事儿,那大棚说给就给人家了。你的心咋恁好?李来望那一门子人是咋对待你的?那一年因为浇水人家几十口子打到你门里头,差点没把你打死,你就忘了?给谁你也不能给他呀。

李天成:那你说给谁?

赵秋英:想给谁给谁,你挣钱容易。

李天成不语。

赵秋英说完，又去铺床，铺了两下，又说：自从嫁给你，我享过几天福？整天没黑没明地干，你倒大方，几千块钱的东西说给就给了。

赵秋英说完又去铺床。

李天成看着她的背影，没话找话：把毛巾给我。

赵秋英抽下搭在肩上的毛巾扔给他，气呼呼地走出去。

李天成看着她走出去，愣着，一边抬腿擦脚一边想着心事儿。

♯・李天成家、厨房、夜

赵秋英正在给猪拌食，李天成手里端着洗脸盆走进来。赵秋英不看他，只顾忙自己的。

李天成：人家不知道，你还不知道？

赵秋英不理他。

李天成：我给人供事儿……

李天成的话还没有说完，赵秋英端起盆来就往外走。李天成愣在那里，他看着赵秋英端盆走出去。外边传来了赵秋英喂猪的声音：猪姥姥……

李天成回过头来，自己摇头，苦笑一下，提起煤火上的水壶，往盆里倒热水。

♯・李天成家、屋内、夜

赵秋英正坐在床边生气，李天成端着水盆过来，把盆放在妻子的身边，蹲下来，抓起赵秋英的一只脚，脱鞋。

赵秋英：干啥？

李天成：巴结你。

赵秋英一下打掉他的手：少来这一套。

赵秋英端起水盆在门边的小凳上坐下来，脱鞋洗脚，她把盆弄得呱咚呱咚响。李天成站了起来,在床上坐下来。

李天成:那盆咋着你了?

赵秋英不理他。

李天成:你慢点,妈给咱分家的时候,连个盆都没有,你忘了?就一个勺子两个碗,床是光板子床,铺一层麦秸……

李天成说着停了下来,他拍了拍身下的床:哪有这儿?你还想铺了一层又一层?连吃的都不够。那一年,大雪天,我掂着布袋跑了几家才借了十几斤红薯片,回来的时候一双破棉鞋蹚湿完,你忘了?我脚都冻僵了,你给我抱到怀里暖半夜才暖过来……

李天成还没有说完,赵秋英轻轻地抽泣起来。

李天成停下来,他看着赵秋英的肩头一耸一耸地,就拿起一条毛巾走过去,在赵秋英的身边蹲下来,把毛巾递给她:这些年,你没少跟着我受罪……

赵秋英擦一把泪水:说这干啥?

李天成:苦,咱也苦过,穷,咱也穷过,你看看咱现在,不是啥都不缺吗?这人,谁想苦一辈子?谁想穷一辈子?都想着往好日子上奔,是不是?就说来中吧,他孩子大了,家里连房子都没有,没房子,就说不上媳妇。再说,咱帮他,主要是为了锅底,咱关系搞好了,那红裙和锅底的婚事儿不就成了。来中也不是笨人,只要正干,准中,等到他也像咱一样盖起小楼,人家能会忘了你?

赵秋英:死蛤蟆能说出尿来!

李天成:死蛤蟆能尿尿,那不活了?

赵秋英:去去,气死人不抵命……

赵秋英推了李天成一把,李天成佯装着倒在地上,把自己的头撞在了床腿上,他抱着头叫起来:哎呀——

赵秋英吓了一跳,她忙赤着脚去拉李天成:碰着了吗?碰着了吗?

李天成忍不住笑了起来。赵秋英愣住了,她回过神来,捶了他一下,也忍不住地笑了。

第 六 集

＃·李来中家的大棚里

大棚里已经长出了青腾腾的一片。红裙正在大棚里的压井边压水。

李天成正在帮李来中移苗，他们一边干活一边说。

李天成：这庄稼给人一样，有的人为啥活得年纪大？一是心脏好，二是心情好，三是保养得好。种地就像侍候人，热了冷了不行，涝了旱了也不行，温度低了不行，高了也不行，啥时候该打药了，啥时候该施肥了，你心里都得有个数，起早一看，叶子上有汗，那就是旱了，就得浇水。

李来中点头。

李天成：这给医生看病一个理，他头痛你治脚，那能行？

棚外传来春莲的喊叫声：红裙——

红裙：唉——

红裙应声走出去。

李来中停下手里的活儿，看了李天成一眼：天成……有件事儿我想给你商量商量……

李天成：啥事儿？

李来中：你婶子给我说了几回了，红裙也要死不活着的，你看这事儿……

李天成：你呢？

李来中：以前都是我糊涂，越想越觉得是我做得不对……

李天成：想通了？

李来中：红裙和锅底的事儿在村里闹成那样，我不好意思去见你舅。哎,能不能给你舅商量商量,重新正正经经地办一回?这样我和你舅也都有面子。

李天成笑:这事就交给我吧。

♯·菜地

一辆机动三轮停在田间小路上,上面装着成袋的煤。锅底、新民几个人正在卸煤。锅底正要把一袋子煤放到肩上,李天成走过来:锅底。

锅底停下来,看着李天成。

李天成:别扛了,有喜事儿。

锅底看着李天成。

李天成:红裙她爹同意了。

锅底:你不骗我吧?

新民伸手给锅底抹了一脸灰,嘻嘻地笑着:咋,不敢去见你老丈人?

锅底放下煤袋,也嘿嘿地笑着:二哥,真的?

李天成:二哥啥时候骗过你,去吧。

李天成说完扛起一袋子煤往大棚里去。

锅底:哎,桑葚子终于长黑了!

锅底一跳老高,朝前跑去。

♯·李来中家的大棚里

李来中正收拾东西,红裙在压井边压水。锅底从大棚里的门里匆匆钻进来,他看见李来中也在,愣住了。红裙停下压水,看着他。

李来中有些尴尬地站起来,他沿着田埂走出来。李来中从他们身边走过,他走到门前停住,回过头来看着锅底:恁说恁说……

李来中说完钻出了门洞。锅底一直看着门洞上吊着的草苫子。

红裙拿着一条湿毛巾走到了锅底的面前，给锅底擦去脸上的煤灰。

锅底一把抓住了红裙的手。锅底嘿嘿地笑着，他先回头朝门边看一眼，猛回身，一下子把红裙抱了起来，转了一个圈。

红裙拍打着锅底的肩：疯了……

锅底把红裙放下。

红裙推开锅底，双手护着自己的肚子：看你，冒失鬼。

锅底：这回是真的？

红裙笑了，她双手搂住锅底的脖子，在他的脸上甜甜地亲了一下。

♯ · 李天成家的菜地、夜

风吹着，在某处，有东西被风吹得哗哗作响。李天成正在加牢大棚，天成舅提着马灯在下边帮忙。李天成把最后一捆草苫子从顶棚上放下来，加固。天成舅提灯朝黑暗里看。

天成舅：这风，一会儿半会儿停不住。

李天成也抬头看天：你去睡吧。

李天成从舅手里接过马灯，朝前走。

天成舅：你干啥去？

李天成：风大，我去转转。

天成舅：明个儿不进城？

李天成：去，等一会儿我收拾。

♯ · 大棚地、夜

陈老伦家的大棚已经被风吹起了一个角，塑料薄膜被风扬起来，发出哗哗的声响。李天成提着马灯过来：老伦叔——老伦叔——

李天成提着马灯进到大棚里：老伦叔——

李天成没有听到声音，他转身走出去，对着别的大棚喊叫：新民——新民——

新民闻声跑过来。

李天成：老伦叔呢？

新民：老伦婶犯病了。

李天成：人呢？

新民：送镇上的医院了。

被刮起的大棚哗哗地响着。李来中、陈保卫、李公社也闻声跑过来。

李天成：赶紧拿绳子。

新民跑回去。

李天成：都拿家伙。

几个人都去拿家伙。李天成放下马灯，爬上大棚一边的墙壁。风吹打着他的衣服，他探着腰，慢慢地接近被刮起的塑料薄膜。新民拿着绳子跑过来：二哥，咋弄？

李天成：把绳子给我。

新民把绳子扔给李天成，李天成接住，抓住绳子的一头，把另一头扔下去：压住。

他们用绳子慢慢地把塑料薄膜压住。李来中、陈保卫、李公社拿着家伙跑过来。

李天成：找几领苫子。

新民和陈保卫跑去。

#·另一个大棚边、夜

棚边堆放着几领苫子，新民和陈保卫跑过来，他们抱起苫子，扛在肩上就走。

＃·大棚菜地、夜

李天成和李来中已经把风刮起的塑料薄膜压住。新民和陈保卫抱着草苫子过来，李公社接着，把草苫子递上去，他们一领一领地盖在大棚上。

李天成从大棚上下来：夜里出来看看，都别睡这么死。

新民：知道。唉，老伦叔这儿咋弄？

李天成：你先把火生着，回头我过来。

李天成说完，提起马灯，离开。

＃·陈老伦家的大棚内、夜

棚外响着呼呼的风声。新民正在煤火边用扇子扇火，火苗窜出来，在煤火的上面，吊着一块挡热气上升的铁皮。大棚的小土门边挂着马灯，李天成正拿着温度计在灯光下看着。

新民：上来了吗？

李天成：哪恁快，火才生着。

李天成放好温度计，看了看手表。

新民：几点了？

李天成：十二点了。

李天成走过来，从新民的手里接过扇子。

新民伸了个懒腰：累死了。

李天成：回去睡吧。

新民：你呢？

李天成：把这弄好，也睡。

这时他们头顶上响起了哗哗嗒嗒的雨点击打棚顶的声音，他们抬头看棚顶。

新民：下雨了。

李天成：预报的有小雨。

新民：那我走了。

李天成：睡吧。哎……

新民停下来：你的菜椒苗儿明个能栽了。

新民：知道。

新民说着走到小土门前，推开草帘子，钻出去，走了。李天成看着那个晃动的草帘子，走过去，探头朝外看看，自言自语：这天，要下就下大……

李天成回身，他用一根棍把里层是塑料薄膜的草帘子支开一条缝，走回来。他拿起铁锨和煤，把湿煤搭在煤火上，然后用一根木棍在湿煤上捣了一个眼。然后他把马灯去下来，吹灭，挂好。李天成铺了铺靠墙的小兜床，就在床上躺了下来，慢慢地睡着了。李天成的手从被子里伸出来，露出手脖上的手表。

手表的特写：凌晨一点。

♯·田地、大棚、夜

雨在下着，风吹着。李天成用小棍支起的草苫子在风的吹动下摇动着，摇动着……终于，那根支撑草苫子的小棍滑落了，草苫子把门堵实了。

♯·大棚内、夜

李天成在熟睡。煤火上扎开的煤眼里窜出来蓝色的火苗，煤气在加重。

李天成在小兜床上翻了一下身，又睡去了。他的手表露在外边。

手表的特写：凌晨三点。

煤火的特写：煤烟在上升。

手表的特写：凌晨五点。

李天成醒来，他感到头痛，他想起来，却动不了。他挣扎着，从小床上掉在了地上，他呼吸困难，艰难地把头抬起来，往门洞那里爬去。爬了两尺远，他又停住了，把头伏在地上。片刻，他又朝门洞那里爬，不知过了多长时间，他终于接近了那个门洞，但就在离门洞还有两尺远的地方，他又一次停了下来，他艰难地呼吸着……

#·菜地、大棚外、黎明

雨停了。天成舅已经把进城卖菜的车子收拾好了。天成舅自言自语：天都亮了……

天成舅说着朝外走去。

#·大棚外、黎明

新民披着衣服从大棚的小门里钻出来，小便。天成舅走过来。

天成舅：新民，见你二哥没有？

新民：他在老伦叔的大棚里守夜呢，有事儿？

天成舅：说的进城卖菜呢……

天成舅边说边朝前走。

#·陈老伦家的大棚外

天成舅走过来：天成——天成——

天成舅没有听到声音，他掀开草苫子，进去。

#·大棚内

天成舅进来：天成。

天成舅看到李天成趴在门口，他急忙蹲下：天成，天成……

李天成没有一点反映。

天成舅慌了：天成，天成……

天成舅的声音都变了，他拉，拉不动，他回身钻出小门。

＃・大棚外

天成舅出来，一边跑一边惊慌地喊叫起来：新民——新民——

天成舅的声音都直了。

新民一边穿衣服一边跑过来：咋了？咋了？

天成舅：快，你二哥……

新民拔腿就往陈老伦家的大棚里跑。

＃・大棚内

新民钻进大棚，他看到了地上的李天成，回身一下子把挂在小门上的草苫子拉掉了。陈保卫、李公社等人听到天成舅的喊叫声都跑来了。

陈保卫：咋了咋了？

新民：可能是煤气中毒，快把兜床抬出来。

陈保卫跑去弄床。

新民：公社，快去开你的车。

李公社跑去。陈保卫把小兜床抬出来，几个人把李天成抬上小兜床，一人抬起一个角，朝村里飞奔而去。

＃・村街

几个人抬着李天成匆匆走着，李公社开着三轮迎面过来。众人停下，他们把李天成抬上三轮。这时赵秋英在前、天成娘在后小跑着过来。

赵秋英：天成——天成——

新民把赵秋英拉上了车，赵秋英单腿跪在李天成的面前，用颤抖着的手抚摸着他的脸：天成，天成……

三轮开动。天成娘过来，可三轮没有停，天成娘追着三轮往前跑，一边跑一边凄厉地喊叫着。

天成娘：天成——天成——

♯·村路

三轮驶出村子。三轮转动的轮子的特写。车轮在转动。

镜头慢慢拉开，这是由三辆中巴车和一辆小轿车组成的车队，车队沿着村路往前开去。

锅底开着一辆机动三轮从村路的对面开过来，红裙搂着他们一岁多的孩子坐在后面的车厢里。由于村路较窄，锅底把车靠在一边停了下来，让从对面开过来的车队通过去。可是前面的那辆小车却停了下来。吕怀朴和赵秘书从车上下来，锅底一看是吕怀朴，忙下来：吕书记。

吕怀朴微笑着走到锅底的车前：锅底呀，哎，不对不对，应该叫李天功，你二哥叫天成，你叫天功，你兄弟两个的名字放在一起就是成功吗。

吕怀朴说完笑了起来，锅底也不好意思地笑了。

吕怀朴：干啥去？

锅底：给鱼拉饲料。

吕怀朴：哦……你养的黄河鲤鱼可是远近有名呀，这是红裙吧？哎呀，孩子都这么大了。

红裙不好意思地笑了。

吕怀朴：哎——叫什么名字？

红裙：河山。

吕怀朴：好，这名字起得好，大好河山。哎，当初你们结婚就没有请我喝喜酒，什么时候给我补回来？

锅底：补，再不补就够不着了，你都调到县里去了。

吕怀朴：走得再远，我也是你天功的朋友。哎，等哪一天我没办法了，我也准备到你们村里学种菜呢，收不收我这个徒弟？

锅底笑了。

吕怀朴：笑什么笑，我说的是真的，你看……

吕怀朴说着回身指了一下身后的中巴车：我带着一帮人到这儿来就是来学种菜的。

锅底：我二哥都不准备种菜了，你还种啥菜？

吕怀朴：不种菜干什么？

锅底：干厂。

吕怀朴：干什么厂？

锅底：人造板厂。

吕怀朴：哦……

赵秘书：你二哥呢？

锅底：正在菜地里过磅呢。

吕怀朴：好，我们过去看看。

吕怀朴说着，回身走到车边，上车。赵秘书也跟着上车。车队开走。

＃·村路、大棚菜地

这是一片形成规模的大棚菜地，村路上停着一辆卡车，陈保卫、李公社等人正在帮着司机往车上装成袋成篓的蔬菜。村路通来的地方放着一台过菜用的磅秤，磅前停放着一排装了成袋成篓的蔬菜等着过秤的架子车。磅上放着正在过磅的蔬菜。

李天成正在撅着屁股看磅。新民和春莲站在一边。

李天成：二百六十四。

站在一边的老板也探头看磅，然后往本子上记着。

李天成：搬吧。

新民从磅上往下卸菜。李天成指着靠前的一辆车。

李天成：这辆车子是谁的？

正在不远处帮着赵秋英推车的田桂荣停下来，她朝这边来：俺哩。

李天成：来中，过磅。

正在装车的李来中走过来，把菜从他家的车子上卸下来，放在磅上。

李天成：慢点慢点。

李天成一边说着一边帮着李来中往磅上抬菜。

由中巴车和小轿车组成的车队开来，在不远的地方停下。

吕怀朴和前来参观的人都从车上下来。李天成一看，忙放下手里的活。

李天成：新民，你先帮着看秤。春莲，你去把村长叫来。

李天成说完，朝吕怀朴匆匆走过去，双手握住了吕怀朴的手：吕书记，哪股风把你吹回来了？

吕怀朴笑：塑料大棚的风。你看，这股风不但把我给吹来了，还吹来一帮支部书记。

吕怀朴说着，对前来参观的人们招呼着：同志们，这就是黄湾村的支部书记李天成同志。

前来参观的人鼓掌。

吕怀朴：两年前我来这里的时候，这个村的村民正在县里上访，村民与干部之间存在着严重的敌对情绪，村里工作一塌糊涂。天成同志任支部书记以来，在短时间内就改变了这种状况，村里的工作很快就上去了。今天，我带领同志们到黄湾村来，一是学习村里的支部是怎样领着群众致富；二是学习他们是怎样做群众思想工作的。下面请天成同志讲话。

众人鼓掌。

李天成：首长们，支部书记兄弟们，你们一下来这么多人，我心里都有些紧张。我长这么大啥时候见过这场面？我这是老和尚相亲，头一回。

众人笑。

李天成：吕书记让我给首长，给支部书记兄弟们汇报工作，可我这牙不兜风……

李天成说着指了指自己的豁牙：说不好，也没啥说的，这大棚都在这儿呢。

李天成说着指了指田里的大棚：眼见为实。俺村头两年就我一个人种大棚，现在发展到了四十多户，一个大棚一年的纯收入有七八千的，也有一万多的。这村里的大棚一多，有两点好处，一是卖菜不用出门。

李天成指了指正在装菜的汽车：这就是人家来拉菜的车。二呢，村里人有活干了，都操干活的心，事就少了。光干活就能解决思想问题了？那也不全是。这两年我有一个最大的体会，那就是自己首先得干好，自己首先得清白。村里几百双眼睛都瞅着你呢，你自己不清白，他会服你？我给支部的几个同志就说，他瞅，咱不怕，咱就用一个法，咱一不吃大家的，二不拿大家的，我月月的账都上墙，让你看个清楚，我就是让村民瞅毛病的。你把毛病瞅出来了，我们好改正呀，拿钱还买不来呢。这两年，我们支部，村委会，没有买过一盒烟，一瓶酒，没报过一分钱的招待费，我叫他自己没话说。要是村里哪个人对我不好，我偏对他好，这就叫将心比心，以德治村。

众人鼓掌。

李天成：还是吕书记说的那句话，心底无私天地宽。这话我经常在心里琢磨，就是这个理。你看，我也没啥理论，让同志们见笑了。吕书记……

李天成说完看着吕怀朴。

吕怀朴：咱们看大棚吧，边走边说。

李天成：好好。

众人一起往大棚那边去。

＃·大棚

一群人正在参观大棚，陈世前正在给参观者讲着什么。吕怀朴和李天成走在人群里，他们边走边说。

吕怀朴：准备上人造板厂？

李天成：你消息真灵通。

吕怀朴：怎样打算的？

李天成：这事儿我琢磨一年多了，也跑过许多地方，做了许多市场调查，管干。为啥管干？一，原料不愁，咱这儿到处都是桐树杨树，只要把牌子打出去，人家能把木料送上门来。第二，产品不愁卖，做家具，盖房子，装修，用人造板的多啦，供不应求。再一个，厂子干起来，用的人就多了，村里的闲劳力都有活干。

吕怀朴点头称是：想法不错，你们支部好好地商量商量。

李天成：有件事儿还想麻烦你。

李天成说着从兜里掏出几张纸来，从中抽出一张，递给吕怀朴：我写了一张建厂用地报告。

吕怀朴：想占用可耕地？国家可是有政策的。

李天成：那都是盐碱地、老坟地，不长庄稼，我这一建厂子，就变成宝地了。

吕怀朴看报告。看完之后递给李天成：你交到镇里，让他们研究一下。哎……

吕怀朴看着李天成。

李天成：吕书记，啥事儿？

吕怀朴：抽空把你的牙补上。

李天成笑：我怕一补上，就忘了这牙是咋掉了。

吕怀朴也笑了：光记着咋掉的可不行，还得想法补上，补得好看，还得学会忘记。

他们正说着，陈世前过来：吕书记，大伙都想听听天成种菜的经验。

吕怀朴:好呀,咱们走,这可是补牙的好机会,是不是天成?

李天成:吕书记,你刚才说的是话里有话,这话我还没有琢磨透。

吕怀朴:那就好好地琢磨琢磨。

#·村部、办公室、夜

灯光照着的墙壁,墙壁上挂着那根被赵秋英烧过的绳子。画面推开,李天成就坐在那根绳子的下面。陈老伦、陈世前、新民等人正在支部村委会。

李天成:大伙议一议吧。

陈世前:干厂,那可不是一句话。陈世超以前不也干过厂吗?十几万都赔进去了,谁不知道?

李天成:他光有酒喝有一汽车,骑辆摩托满世界地跑,有一个钱想花俩,他能干好?钱再多顶不住赔,顶不住糟蹋。咱给他不一样,咱实行股份制,在管理上下功夫,就没有不赚钱的理。

陈世前:启动资金起码也得二十万吧,二十万能是个小数目?上哪儿弄?

李天成:这不是前两年了,种了两年大棚菜,有人手里有些积蓄,只要咱工作做到家,能有二十户入股,我琢磨着资金不会有太大的问题。

陈世前:还是种大棚保险。现在咱的大棚已经形成了规模,菜拉出去就能卖,这稳当。

李天成:大棚眼下是可以,可是现在县里搞“白色工程”,呼啦一下上那么多,你种我种他也种,蔬菜到时肯定卖不上价钱,种菜比着干厂,还是小打小闹。我们要想把村里的油路铺起来,把村里的小学盖起来,就得干厂。

陈老伦:入一股得多少钱?

李天成:一万。

陈老伦:哦……

陈老伦沉思着。

陈世前:啥事儿都是说着容易。

李天成:光说不干能成?电视里整天说,发展是硬道理,发展是啥?就是要干!你不干咋发展?干厂,是自觉自愿的事儿,咱不勉强。但有一点,我们党员干部,首先要统一思想,你不入股可以,但你不能使倒劲。

新民:我同意,啥时候入股?我第一个报名。

陈世前:我保留意见。

会场沉默。

李天成最后站了起来:谁还有啥?

没人说话。陈老伦咳嗽了一声。

李天成:没啥就散吧。

众人站起,离开。

陈老伦叫住了新民:新民。

新民站住,陈老伦从兜里掏出一个党费证来,递给了新民:这是你的党费证。

新民接过来,看,然后抬头:我交多少?

李天成:按规定,新党员每月五角。

新民伸手去兜里摸钱:我还没带钱呢,明天晚不晚?

陈老伦:不晚。

说着,几个人就往门外走。

#・村街、夜

李天成从村部的大门里走出来,陈老伦从后面跟了上来:天成。

李天成站住。

陈老伦:李来望的事儿咋弄?

李天成:你去了?

陈老伦：他说让你去拿。

李天成沉思片刻：我去看看。

＃·李来望家大门、夜

李天成走过来，他在门前犹豫了一下，还是走到门楼下，敲门。门里有脚步声响过来。

胡香云画外音：谁呀？

接着，门楼上的灯亮了，然后，胡香云打开门，她看到李天成，先是愣了一下，随后大声说话：呀，日头咋从西边出来了？

李天成：那是你睡糊涂啦。

胡香云本来想挖苦李天成两句，结果一句话就被李天成给镇住了。

胡香云：你这咋说话哩……

这时李来望从屋里走出来：天成来了，还不让进屋来。

李天成：不去了，我过来给你说句话。

李来望：咋，我李来望的屋你不能进？

李天成迟疑了一下，朝屋里走去。

＃·李来望家、屋内、夜

李天成跟着李来望走进来。李来望指了指后墙的沙发：坐吧。

李天成看他一眼，没有过去，而是在一只椅子上坐了下来：你有两年的党费没交了，我过来通知你一声。

李来望看他一眼，不说话。

李天成忍不住又说：三个月不交党费，就算自动退党，这你知道。

李来望：还用你说，党章我领你学过。

李来望说完停住，吸烟，不语。屋里气氛很沉闷。

李天成：你要是对我有意见，可以到党员会上提，但党费不能不交。

李来望:我没说不交,我一直等着你来拿。

李天成:交党费是义务,为啥要我来拿?

李来望:为啥,你心里不清楚?你还该我一个头没有磕,你跪下吧,你跪下我现在就给你。

李天成噌的一下站了起来,他看着李来望。

李来望:你许的几件事儿,哪一件办成了?给寡汉娶媳妇咱不说,村里的路你修好了?村里的学校你盖好了?没有吧。你吹得牛皮哄哄的,不是一件也没办成吗?啥时候等你说的话变成了事实,不用你说,党费,我自己给你送上门去。

李天成坚定地:那好,你等着吧!

李天成说完头也不回去地走出去。李来望看着李天成走出院子,跟出去。

#・李来望家大门前、夜

李天成从大门里走出来,他沿着胡同走出好远,站住,他回过头来。

李来望站在大门下,手上夹着烟,远远地看着李天成。

李天成回身沿着胡同快步朝前走去,他的面色凝重。

#・村街、夜

李天成在村街里心事重重地走着,灯光从一家一户的院子里映照到村街上。有几个女孩子在村街的月光下跳绳。李天成的脚步停下来,他看着那些无忧无虑的孩子。

一声母亲喊孩子回家吃饭的声音从某个院子里传过来。李天成看着那些孩子跑过村街,四处散去,他继续往前走。

有一声狗叫从远处传过来。有一个拉架车的村人从村街里走过。

李天成走到了自家门口，他看到妻子端着一盆猪食从厨房里出来，接着院子里就传来了妻子喊猪吃食的声音。可是李天成没有回家，沿着村街朝村外走去。

井·田地、月夜

陈老伦正撅着屁股从淋盐池子一边的土炕里起盐水。池子是用土垛成的，二尺来高，中间一层棚棍，棍上放草，草上放盐土，在土上洒上水，就能淋盐了。淋出来的盐水滴进池子前面土坑里，土坑里垫着一块塑料薄膜。陈老伦听到脚步声，回过头来，看到一个人走过来。他把舀子丢进水桶里。

陈老伦：谁？

李天成：我。

陈老伦：天成呀。

李天成走过来。

陈老伦：去了？

李天成：去了。

陈老伦：咋说？

李天成：没见着人，这事儿过两天再说吧。

李天成说着在水桶边蹲下来，用舀子舀水，放到嘴边尝了尝：这盐分好像没有以前浓呀。

陈老伦：是呀，以前这水咸得咽人。

李天成把水舀丢进水桶里，站起来。

李天成抬头看着月光下的土地，他突然拿起陈老伦的铁锨，走到淋盐的池子边，用力朝淋盐的池子铲去。

陈老伦：天成……

李天成不理他，仍旧一下一下地铲，陈老伦上来拦住了他：你想在这块地里建厂？

李天成没有说话，而是抬头看着眼前的土地。

月光下的田地，远处近处有几个坟头，陈老伦从李天成手里接过铁锨：让我来吧。

陈老伦说着朝池子砍去，一下，又一下……陈老伦终于把那个淋盐的池子砸倒了。陈老伦用手拄着铁锨站在那儿，喘息：天成，干厂，我支持你。

李天成：你同意入股了？

陈老伦没有说话，他把铁锨横起来，用铁锨把穿上两个水桶，放在肩头，挑着往前走了两步，站住：回头再说吧。

陈老伦说完挑着盐水往村里走，李天成站在那儿看着他，静静地站着。他回头看着月光下的土地，慢慢地蹲下来，伸手抓起一把土，放在鼻子下面，闻着，闻着。

#・县委门前、黎明

李天成骑着车子过来，他看到县委的大门还闭着，就把车子支在大门的一边，自己靠在大门边的墙边坐下来。

#・县委门前、清晨

李天成坐在那里睡着了。吕怀朴骑车过来，下车，他已经走过了大门，又退了回来，他看到了靠着墙睡着的李天成，就支住车子，走过去。

吕怀朴伸手拍着李天成：天成，天成……

李天成一个激灵站起来，他看到是吕怀朴，笑了：吕书记。

吕怀朴：我看着就像你，咋在这儿睡了？

李天成：我起了个早，到这儿天还不亮，想坐在这儿打个盹，没想真睡着了。

吕怀朴：有事儿？

李天成：没事我敢登你这三宝殿？

吕怀朴笑:那走吧,进殿里说。

李天成也笑了,两人推车进大门。

♯·吕怀朴办公室

李天成在沙发上坐着。吕怀朴把一杯水放到李天成的面前:两年没交党费,你这个班长就没有责任?

李天成:我有责任,那他算不算退党?

吕怀朴:这要经过你们镇党委研究决定。不过,他的党费可一个月都不少。

李天成意外地:谁说的?

吕怀朴:没想到吧,大小事儿你都要琢磨琢磨,可这个李来望你就没有琢磨透,他把党费都交到镇党委了。最初我也不知道,是孙镇长管的。我是临来县委的时候才听说的,还没有来得及告诉你。

李天成:交党委也算?

吕怀朴:是不符合组织手续,但人家交了。

李天成低头不语。

吕怀朴在李天成的身边坐下来:天成,我看李来望是心里不服你呀,得让他从心里服你。咋服,光老记着自己的门牙是咋磕掉的,不行,最主要的是得干事儿。

李天成点头称是。

吕怀朴:光自己干还不行,你自己能把村里的路修好吗?你自己能把村里的学校盖起来吗?这事儿你比我琢磨得透,得利用村民的力量。

李天成看着吕怀朴。

吕怀朴说着站了起来:又开始琢磨了?

李天成:听君一席话……

李天成还没说完,就被吕怀朴伸手止住了:胜读十年书,是不是?还茅塞顿开呢,别给我装了。你干板厂干什么?你当我不明白？就是这个思路。

李天成嘿嘿地笑了。

吕怀朴：笑，走吧，我请你吃饭，边吃边说。

李天成：咋能让你请我呢？

吕怀朴：怎么，光兴我吃你家的油馍，就不给我一个表现的机会？你放心，不是大鱼大肉，两个烧饼，一碗胡辣汤。

李天成又嘿嘿地笑了起来……

＃·一组镜头

队部。村里正在开群众大会，李天成正在讲话。

夜、村中，李来中家。李天成走进来，李来中把李天成迎进屋里。他们边走边说。李天成走出来，李来中送他。

夜、大棚里。保卫爹正在忙活，李天成从小门里进来，李天成一边帮他干活一边说着什么。

村部。新民坐在扩音器前，对着话筒正在播音……

＃·村街

喇叭里的声音在村子的上空响着。那是新民的声音。喇叭里：老少爷们，关于入股建厂的事，我再说一遍……

＃·李来望家

李来望在屋里坐着，胡香云手里提着一包东西从外边走进来：喇叭里的你听见了？

李来望：我又不聋。

胡香云：你说，他能干好？

李来望不语，吸烟。

胡香云仇恨地：赔死他！

李来望：他种菜确实是一把好手……

胡香云：种菜能是干厂？当年陈世超也干过厂，把老婆都赔进去了，他李天成比陈世超能？

李来望：你懂个屁！他一个顶他俩。

胡香云：你说他能干成？

李来望看她一眼，不说话，吸着烟走出去。喇叭里又传来新民的声音。

#·村街、村部门前

锅底开着一辆三轮过来，胸前斜挂着一个书包。他一直把车开进了村部里，下车。新民听到机器声，忙从屋里出来。

锅底：干厂算我一份。

新民：我专门在这儿等人报名哩。

锅底：我把钱都带来了。

锅底说着拍了拍身上的包：二哥呢？

新民：量地去了。

锅底：哦……

#·田地

一群人正在跟着李天成他们，李天成、陈保卫正在量地，李来中手里拿着本子记着。陈世超、村民甲、乙等人都跟在后面。

陈保卫：下一户，陈世超。

陈世超在人群后面站着，村民甲碰了碰他。

村民甲：叫你了。

陈世超走过来。陈保卫把手里卷尺的一头递给他，可是他没接。

陈世超：支书，占我这地啥条件？

李来中：你装啥洋蒜，会上不都说过了，喇叭里也广播了，你会不知道？

陈世超看了李来中一眼：我给支书说话呢，你干啥？

李天成：有啥你说吧。

陈世超：你建厂租地，到底咋说？

李天成：这地种庄稼一年也就是三、四百斤，现在我给你按一等地算，一年一千斤粮食。

陈世超：我要不信呢？

李天成：把粮食折成价，先把钱给你。

陈世超：要是明年粮食长价呢？

李天成：随行就市，市场上长到一百，一斤我就给你一百。

陈世超：你的厂子要是干砸了呢？

李天成：我再包你三年的产量。

李天成看着陈世超。陈世超也看着李天成。

陈世超冷笑：这些我要是不稀罕呢？

李天成：你还有啥条件？

陈世超：啥条件也没有，我不租给你。

陈世超说完转身就走。

李来中：哎……

李天成伸手拦住了李来中。

李来中：这货，螃蟹爬到鳖窝里，充大的呢。

李天成：把他的越过去，下一户。

李来中：李天平。

村民甲：在这儿。

李天成：量地。

陈保卫把卷尺递给村民甲，村民甲没有接，他指着地里的几个坟头。

村民甲：支书，我地里有坟，咋说？

李天成：村里划出一块地做公墓，会上都说过。

村民甲：支书，这可是俺家的祖坟……

李来中打断了村民甲的话：你家的祖坟，谁家不是祖坟？

李来中说着指着前面的几个坟头：俺太爷都在这儿睡了六七十年了，还有俺爷、俺爹……

李天成止住李来中：叫他把话说完。

村民甲：就是起坟，也不是一句话呀，这是给俺爷俺爹搬家。搬家不得请几个人，请几个人不得吸烟，不得管人家一顿饭？吸烟吃饭是小事儿，俺爷的棺材埋在地下都几十年了，还能用？我不得重新做一个？

陈保卫：咦，天平，你说这事儿大了！

村民甲：我说的都是实际，你看着办。

陈保卫又要说，李天成伸手拦住了他：迁坟，劳力我出，一不吸你的烟，二不吃你的饭。

村民甲：那棺材呢？

李天成：按坟头，一个补你一百块钱。

村民甲：一百块？太少了吧？

李天成：多了没有，你愿意，现在就量，要不愿意，我们就换地方。

村民甲：好好，一百就一百。

村民甲说着去陈保卫手里接卷尺：量地量地。

＃·村部、办公室

墙上的钟表在喳喳地响着，新民坐在椅子上打盹，李天成、李来中、陈保卫走进来，脚步声惊醒新民，新民站起来。

李天成：几家了？

新民：都在这儿呢。

新民拿起花名册递给李天成，李天成看。李来中也凑上去看，他一边看一边念。

李来中：支书、新民、我、保卫、锅底、公社，才六家？

新民:可不是,我估摸着至少也得有二十家入股。我再去喊一遍。

新民说着就往扩音器那边去,被李天成伸手止住了。

李来中:六家能干吗?

李天成没说话,他拿起桌子上的笔。伏下身在花名册上写字。

李天成写字的手的特写,那只手一笔一画地写了三个字:陈老伦。

李天成:新民,你和保卫跑一趟,通知锅底他们过来开会。还有陈老伦。

李天成说着就往外走。新民和陈保卫跟过去。

新民:二哥,你去哪?

李天成:陈世超家。

♯·陈世超家、院内

世超娘正在簸箕里拣粮食,几只鸡在她的腿边挣着抢食吃。

世超娘一边干活一边用拐杖赶着鸡子。李天成走进来。世超娘:支书呀。

世超娘要站起来,被李天成拦住了:别站别站。

世超娘:你咋舍得来?

李天成:我来找世超,他人呢?

世超娘:在屋里睡着呢,整天愁眉苦脸哩。世超——我去叫他。

世超娘说着站起来,被李天成拦住了:我去吧。

李天成说着走进屋去。

♯·陈世超家、屋内

陈世超折身朝外听着,他听到脚步声,忙面朝里躺下。李天成走进来。

李天成:世超。

陈世超佯装着醒来:地的事,是吧?

李天成:你说错了。

陈世超意外地看着李天成:那啥事儿?

李天成:你就这样坐着给我说话?

李天成说着走了出去,把陈世超一个人晾在了那儿。

陈世超看着李天成走出去,下床穿鞋,跟出去。

#·陈老伦家

陈老伦弯腰站在院子的地锅前,用一把锅铲铲盐巴。老伦妻坐在院子里做针线活。新民推门探着身子往里看:哎,支书叫我通知你开会哩。

陈老伦:开啥会?

新民:建厂的会,快点呀。

新民说完把身子收回去,陈老伦迟疑着,然后冲着门外喊:去哪儿?

新民画外音:村部。

#·陈世超家、院内

李天成在院子里坐着。

世超娘朝屋里喊:世超,支书在院里坐着等你,还推啥迷?

世超娘回头看着李天成:也不怕你笑话。自从不干村里的会计,他就再也打不起精神来了,就像大病了一场。唉——恁哥,好赖咱一个村里住着,你可得帮他一把呀。

陈世超走出来,在李天成的对面坐了下来。

陈世超冷冷地:啥事儿,说吧。

李天成:我来请你入股。

陈世超一下子愣住了,不信任地看着李天成:你吃错药了吧?

李天成:不是我吃错了药,是你还没睡醒。

陈世超:别绕弯子,说吧,为啥要请我入股?

李天成:因为以前你干过板厂。

陈世超冷笑了一声,语气十分不友好:你要是来挖苦我,现在就请你出去。

李天成平静地坐在那里,但说话的语气十分坚定:我闲着没事做了? 婶儿在这儿坐着,我今天来,是真心实意的。不假,你是干砸过,干砸了就可怕了? 你得总结总结,好好地琢磨琢磨,砸在哪里,砸在啥地方。

陈世超不说话。

李天成停了一下,口气缓和:十几万块钱的学费你就白交了?

世超娘:世超,你别这样破罐子破摔了好不好? 打起精神来,跟着支书干点正事儿。

陈世超低下头。

李天成:挺起腰板来,干,还是不干,说句话。

陈世超抬起头来:干可以,我还得先说句打嘴的话,要是干砸了呢?

李天成:你干心寒了是不是?

李天成说着站起来:你放心,砸了是我的,赚了是大家的。

陈世超:那你图啥?

李天成情绪激动,他站起来:我图啥? 我一不图升官,二不图发财! 你说,婶儿把你养这么大,她图的啥? 啥也不图,心甘情愿! 我是支书,村里的父母官,我为村里人想事儿,为村里人干事儿,还能想图啥? 分内的事儿,我应该。

世超娘:支书都说到这份上了,你还有啥话说?

李天成:起来起来,洗洗脸,精神点,跟我一块儿去。

陈世超:干啥?

李天成:一帮人都在村部里等着呢。

陈世超站起来,他看着娘。

世超娘:还看啥? 不洗洗脸赶紧去。

陈世超回身走到门前的盆架前,从水缸里舀水……

♯·村部、办公室内

新民、李来中、陈保卫等人都在屋等着，陈老伦坐在一边。突然听到机动三轮开进院子里的声音。新民探头朝门外看。

李来中：谁？

新民：锅底。

锅底匆匆地走进来：开完了？

新民：你不来能开？

锅底：二哥呢？

新民：去陈世超家了。

锅底：找他干啥？

李来中：建厂租他家的地，他不愿意。

锅底：我还以为他入股了呢，他要入股，我立马退出去。

他们正说着，院子里传来了脚步声。

新民：二哥回来了。

李天成走进来，他回身朝外招呼着：世超，进来。

陈世超走进来，他看了众人一眼。李天成拿起桌子上的花名册，递给新民。

李天成：把世超的名字写上。

新民看了李天成一眼，又把目光移到锅底身上。

锅底：二哥，他也入股？

李天成：咋了？

锅底：我问你，他入没入？

李天成：入了。

锅底伸手拉着李天成就往外走：走，我给你说句话。

＃·村部、院内

锅底拉着李天成来到院子里:我再问你一遍,陈世超入股是真是假?

李天成:真的。

锅底:你给这种小人供事儿?当初挖地就是他出的点子,你亏还没有吃够是不是?

李天成;我对事儿不对人。

锅底:我的脾气你也知道,你给我说干脆些,他要入股,我还去养鱼。

＃·村部、办公室

陈世超坐在椅子上,听到了从外边传来的说话声,他尴尬地站在那儿,几个人都看着他,他突然站起来朝外走去,几个人也跟着出来。

＃·村部、院内

陈世超从屋里出来,谁也不理,朝大门外走。

李天成厉声地:陈世超!

陈世超站住了,回身看着李天成。李天成也看着他,他最后把目光转向锅底。

李天成:世超是我请来入股的。

锅底:好!二哥,我最佩服你这一点。可惜我没你那肚量。新民,把我的名字抹了!

锅底说完转身就走,李来中忙上来拉他:锅底。

锅底：爸，你别拉，要干你干，我是不给这样的小人一块儿干！

李天成：锅底，二哥今天把话给说在前头，有一天你自己会回来的。

锅底：那要看我高兴不高兴。

锅底说完气昂昂地走出大门。

李天成看着院里站着的几个人：还有谁愿意走？

几个人站着都不动。

李天成：没有了？进屋说事儿。

李天成说着，自己走进屋去，几个人也都跟了进去。

#・村部、办公室

屋子里已经暗淡下来。李天成走进来，他伸手拉亮了电灯，然后在一张椅子上坐了下来。新民、李来中、陈老伦、陈保卫、李公社等人跟着走进来，陈世超最后一个走进来。

几个人坐下，陈老伦在门边蹲下来，低头吸烟，不语。

新民：二哥，就按你说的，咱一家入股一万，加到一块儿才七万块钱，你说上一条素面刨花板生产线就得十四、五万，加上建厂房，买锅炉，杂七杂八的，算起来没有二十万出不了板。

李公社：一下空了十二、三万，上哪儿弄？

李天成站起来，他的目光在众人身上扫过，众人把目光纷纷移开，看着别处。李天成的目光最后落到了挂在墙壁上的那根绳子上。

那根被烧过的绳子的特写。

新民抬头看着李天成的后背：二哥，你和吕书记熟，能不能想法贷点款。

李天成站在那里没有动，也没有说话。但他的手在暗处紧紧地攥在一起。

陈保卫：要是贷不来呢？

李公社应和着：就是，款也不好贷。

李天成仍然没有说话。走到墙壁前,李天成伸手把挂在墙壁上的绳子取下来,看着。

屋里的人都看着他,没有一个人说话,屋里静得只有呼吸声。

李天成也感觉到了背上的目光,他慢慢地转回身来,看着众人:你们信得过我吗?

李来中:看你说的,信不过我们来这儿干啥?

李天成:只要你们信得过我,你们放心,我就是把家里的小楼扒了,也要把厂子干起来!

众人兴奋起来,议论纷纷。

新民:只要二哥一下决心,这事儿准能干成。

陈保卫:就是。

李公社:那咱就有钱赚了。

李天成示意众人停下来:这厂要是干起来,那就像这根绳子……

李天成说着把手里的绳子举起来晃了晃:这绳子就把咱七户人家捆在一起了,这厂子就是咱七家的,咱家家都是厂里的主人。常言说,没有规矩,不成方圆。咱既然干,今天就先把规矩定下来,有了规矩,咱就按章办事。

新民:对,先立规矩,无论谁坏规矩,咱都不客气。

李来中:天成,我们大伙听你的。

李天成:那咱们就先讨论讨论,新民,拿笔,一条一条都记下来。

一直蹲在一边没说话的陈老伦站起来,谁也不看,往外走。

新民:哎,讨论呢,你干啥去?

陈老伦迟疑着:……我出去解个手。

陈老伦说完走了出去,李天成看了陈老伦一眼:都说说吧。

#·队部、院内、夜

陈老伦走出来,他朝厕所走去,可是他拐过墙角站住了,把身子靠在墙上，想着心事儿。夹在手里的烟火在黑暗里一亮一亮的。他突然把烟头扔在地上，往回走，可是他走到门前又停了下来。从门里射出来的灯光落在院子里，落在他的脚下，他站在那里听着屋里的人们说话。

＃·村部、办公室内、夜

屋里正激烈地讨论。

李来中：找啥建筑队，咱一家对俩劳力，就把厂房盖起来了。

新民：对，省的钱都是咱自己的。

陈保卫：对，支书、老伦，都能掂刀。

新民：哎，老伦呢？屙金尿银啦，这么难。

李天成朝外看一眼：新民，看看去。

新民站起来走出去。

＃·村部、院内、夜

新民走出来，他站在夜色里，然后走向厕所：陈老伦。

他没有听到回声，他接着又叫了一句，还是没有听到声音。新民自言自语：走了？

＃·陈老伦家、厨房内、夜

陈老伦坐在小桌前，他的面前放着饭菜，可是他却没吃，坐在那里想心事儿。

老伦妻走进来：看你，都凉了，咋还不吃？

陈老伦：等会。

老伦妻：你心里有事儿？

陈老伦:没事儿。

老伦妻:没事儿不吃饭?

陈老伦心烦地:你让我安生会儿不中吗?

他们正说着,外边传来了脚步声,接着传来了李天成的声音:人呢?

老伦妻:是天成。

陈老伦坐在那里没动。

老伦妻:你还坐着不动?

陈老伦站起来,还没往外走,李天成进来:做的啥饭,恁香?

老伦妻:菜饼、稀饭。

陈老伦:还没吃吧?给天成盛饭。来来,坐。

李天成在饭桌前坐下来。陈老伦也在饭桌前坐了下来:你咋一声不吭就走了?

陈老伦低着头,没看他,也没说话。老伦妻端上馍筐,馍筐里是热腾腾的菜饼子。李天成伸手拿一个,就往嘴里送。一边吃一边说:好吃,婶子,我就爱吃你做的饭。

老伦妻:那就多吃点。

陈老伦从兜里掏烟,老伦妻一把给他夺了过来:吸,吸,就知道吸烟。

李天成停住咀嚼,看着他们。

老伦妻:天成,你们建厂开会,俺又没入股,你叫他弄啥?

李天成:入了,是我替恁签的字。

老伦妻:这是大事儿,也得给俺商量商量……

陈老伦:哪这么多话?

老伦妻停住了,她生气地走到门边,倚着门站在了那儿。

李天成看着他们,他把手里的馍放在馍筐里:婶,别生气,我没有别的意思,是想让俺叔帮我一把,有俺叔在身边,我心里就踏实。我就是出去跑事儿,有俺叔在家,我就放心。

老伦妻:你说这话,我信。

陈老伦:天成,这两年我家里的事儿一件接一件,哪一回不是你帮我？现在我还该着你的钱，这回说啥我也不能再麻烦你了。

李天成：这你就外气了。那一年你借给我八毛钱，你还记得吗？

陈老伦：哎，那都哪一辈子的事了？

李天成：那个时候我在难处，小宁有病，发高烧，两块三毛钱就花光了我的家底，就那还不够给孩子看病。我跑了几家都借不来，是你借给了我八毛钱。

陈老伦：说那干啥。

李天成动情地：没事的时候，我就会想你给我掏钱的样子。那个时候你的家境也不好，你看着我抱孩子的急劲，二话没说，就给我掏钱，你把兜里的钱都掏给了我……伦叔，到死我都不会忘……你说……

陈老伦：天成……

李天成：我是从苦日子过来的，知道穷是个啥滋味，现在我想让村里人过好，像我一样住上小楼，难道你不愿意帮我吗？

陈老伦一把抓住了李天成的手，眼睛含着泪水，他说话的声音都沙哑了：天成，有你这句话，我啥都不说，一句话，跟着你干！

李天成：叔，我就要你这句话。

李天成从兜里掏出一张纸来，递给陈老伦：这是咱七家订的合同，就差你没有按手印了。

陈老伦接过来看着，他突然把手指放进嘴里咬了一下……

李天成：老伦叔……

李老伦从嘴里拿出的手指破了。陈老伦手指的特写：那手指在颤抖着，有血慢慢地从手指的肌肉里流出来，那手指往下落，最后落在了那张合同书上。那手指按着，晃动着……

陈老伦拿起那份合同，看着，最后交给了李天成。

李天成激动地：老伦叔……

陈老伦：天成，你不说，我也知道，你是准备把这些年的积蓄都拿出来，那可是你的血汗，你为了给村里摸出一条路，家都不顾了，我还说啥？我陈老伦只要还有一口气，就跟着你干。

李天成：叔，你这样说，我心里就踏实了。

李天成把手里的合同叠好放进兜里,他好像突然想起了一件事儿:哎,还有一件事儿。

李天成说着从兜里掏出钱来,数出两张递给陈老伦。

陈老伦:这是干啥?

李天成:李来望的党费。

陈老伦:交了?

李天成:交了,两年的,抽空你把新证给他送去。

陈老伦:你放心,这事儿你就交给我吧。

第 七 集

＃·菜地、棚下、月夜

静静的夜。李天成躺在兜床上,月光透过瓜藤照在他的脸上。

李天成突然坐起来,自言自语:到底是我帮他们,还是他们帮我……

李天成说着站起来,他朝大棚慢慢地走去。

＃·大棚边、月夜

李天成一个人慢慢地走来,他在大棚前停住,慢慢地在大棚边蹲下来,用手抚摸着大棚。

李天成自言自语:英,这一下我要把咱家的积累都拿出来了,你……你别怪我,我……我知道咱挣这钱不容易,哪一分钱不是咱的血汗?可我自己做主要把这钱拿出来了,你……你别担心,这只是先拿出来用用,等厂子赚了钱我就还给你,算我借你的还不中?我是想拿这钱让大伙跟着我干,是想让大伙帮我一把,帮我把村里的路修起来,帮我把村里的小学盖起来,帮着村里的寡汉都娶上媳妇,到那时候,我看他李来望不朝我跪下来还有啥话说,英,我要的就是他这一跪……我知道他看不起我,从小就看不起我,咱穷,这口气窝在我心里几十年了,英……我就是要出出这口气,英……

李天成说着说着就泪流满面。

李天成泣不成声:……英,别怪我,我就是想出出这口气……这气憋在心里让人受不了……

月光照着李天成,他的声音在黑夜里是那样的微弱。无边无际的月夜……

♯·建筑工地

厂房已经成形,李来中、新民、陈保卫、李公社、保卫爹等人在李天成的带领下,正在热火朝天地建厂房。赵秋英、田桂荣两人正在和泥,春莲、世超娘正在搬砖,个个累得满头大汗。李天成卷着裤腿,正站在架子上垒墙:砖。

新民:来了。

新民站在下面往上扔砖,李天成接砖放在架子上,架子上已经堆了一堆。

李天成:泥!

赵秋英:来了。

赵秋英用铁锨往架子上的盆里上泥。

陈老伦推着装满木料的车子从通往工地的土路上过来。

老伦妻一手提着装碗的篮子,一手掂着那壶开水跟在车子后面。

陈老伦的架子车一下陷进一个坑里,推不动了。

陈老伦对正在房前搭架子的李来中他们喊:来中——

李来中看见,和陈保卫一块过来,帮着推车。

老伦妻:歇会儿,都歇会儿吧,天成,下来喝水。

人们都停下手中的活,过来喝水。李天成也从架子上下来,他走过来,一屁股在地上坐了下来,顺手脱鞋,在地上磕了磕。

老伦妻倒一碗水送到李天成手里,李天成喝一口,放下。

李来中解绳往下卸房檩:天成,老伦把盖房子的木料都拉来了。

新民:拉来是对的,往后去盖房子谁还用得着这?

春莲:就你会说,不用这用啥?

新民:用啥?咱支书盖楼用这了吗?都是水泥板。

田桂荣:等厂子开了工,赚了钱,咱家家户户都像支书家一样,盖楼！哎，支书，咱的机器啥时候能拉回来？

李天成：等不及了？

众人都笑了。

陈世超骑着自行车匆匆过来。新民看到了他，站起来：世超回来了。

李天成站起来，陈世超骑车过来，下车支住。

李天成：说好了？

陈世超：说好了，五千。

世超娘过来把毛巾递给他，陈世超擦了一把汗。

新民：五千便宜，买一台新的得好几万。

陈世超：便宜是便宜，可得费大劲呀，锅炉里面锈了一层。

李天成：能用吗？

陈世超：只要把锅炉里面的锈清除掉，能用。

李天成：那就拉回来，等房子一齐工，咱就收拾锅炉。

＃·厂房前、夜

已经建起的厂房前，门口上吊着一只电灯。陈老伦一个人正在清理建筑垃圾。

李来望披着衣服慢慢地走过来，他咳嗽了一声。

陈老伦停下来。李来望走近。

陈老伦：是来望呀。

李来望：嗯。

陈老伦：还没睡？

李来望：嗯。

陈老伦：有事儿？

李来望：没事儿，转转。

李来望停住，抬头看新盖起的厂房。

陈老伦：去里面看看呗。

李来望:不就是一所空房子吗,有啥看的。

陈老伦:这是我们的车间。

李来望冷冷地:我没见过车间。

李来望说完转身往回走。陈老伦看着他走去的背影,突然想起了什么。

陈老伦:哎,来望,别走。

李来望停住,陈老伦走到门前,取下挂在上面的衣服,走到李来望的面前,从衣兜里掏出一个党费证来递给李来望:这是你的党费证,新办的。

李来望:谁叫你办的?

陈老伦:你把党费让天成带给我,我不得给你办个手续?

李来望愣住了。

陈老伦:我准备找个空儿给你送去呢,正好你来了。

李来望站在那里看着陈老伦走回去,他在夜色里看一眼手中的党费证,慢慢地转回身,朝前走去。李来望走到黑暗处,他站住了,回过头来,朝远处的厂房看着。

♯·李来望家、夜

李来望坐在桌前,手里拿着笔,准备在稿子上写什么。他把笔放下来,拿起一边放着的党费证,看着……

他突然拉开抽屉,从抽屉里拿出钱来,数了两张,装进一个信封里。

♯·黄河边、清晨

李来中扛着被子从船上下来,他看到李来望骑车从土路上过来,忙迎上去:哥。

李来望下车,支住。

李来中:过河?

李来望:不过河。

李来望不理李来中,而是看着宽阔的河面。李来中站在李来望的身后,小心翼翼地。

李来中:哥,一大早过来,有事儿?

李来望:今儿还去厂里干活?

李来中:去,我这就走呢。

李来望转过身来,他从兜里掏出那封信来,递给李来中:你把这封信交给李天成。

李来望说完推车就走。

李来中:咋说?

李来望走了两步站住:就说是我给他的。

李来望说着骑车就走,李来中看着李来望走远的背影发愣。

#・旧锅炉前

李天成和新民正在准备工具,李来中走过来:天成。

李天成停下手里的活,看着李来中。李来中掏出那封信递给李天成。

李天成:哪来的信?

李来中:俺哥让我带给你的。

李天成拿信反正看了一眼,然后装进兜里:干活吧。

李天成说着,从旧锅炉口里钻进去,新民伸手把铁锤和钢凿递过去。

#・锅炉内

李天成半躺在锅炉里,他从兜里掏出那封信,拆开,把里面的东西掏出来,那是两张钱。他挤开信封往里看了看,里面空空的,连个纸条都没有。

李天成自言自语:老狐狸,你等着吧!

李天成说着一手拿锤一手拿钢凿,一下一下地往锅炉壁上狠狠地凿着。

李天成满头的汗水。

锅炉里清除炉壁的面孔不断地叠换着:李来中、新民、陈老伦、陈保卫、陈世超……个个都是满头的汗水……

#·锅炉外

李来中、新民正蹲在锅炉的阴影里,摇着扇子。一根用坏的钢凿从锅炉里扔出来。

特写:锅炉外边是一堆用坏的钢凿。又有一根用坏的钢凿扔下来。

新民拿起一根新的钢凿来到锅炉口边,递进去:二哥,你出来歇会儿……

#·锅炉里

李天成擦了一把汗:把这一点弄了。

李天成说完,又挥动手中的铁锤,他一不小心,铁锤一下子砸在了他的手指上,李天成疼得丢掉工具,另一只手紧紧地握着被砸的手指,放在嘴边哈着热气,豆大的汗珠从他的头上冒出来,李天成因疼痛把身子曲卷起来。他的衣服已经被汗水湿透,有血从他后背的衣服里浸透出来……

李天成放下自己被砸的手指,拿起身边的毛巾用嘴咬着扯下一条,把受伤的手指包住,又拿起锤和钢凿,一下一下地往炉壁上凿着,凿着……

李天成头上滚动的汗水。他被血和汗水渗透的脊梁。他一下一下地往炉墙上凿着，凿着，突然，钢凿和锤从李天成的手中落下来。

李天成昏迷过去。

＃ · 锅炉外

李来中、新民抬着一桶水从远处走过来，他们来到锅炉的阴影里。放下水桶。李来中朝锅炉里喊：天成，出来凉快会儿。

可是他们没有听到声音。

新民：人哩，人上哪儿去了？

新民来到锅炉口前，朝里看着：二哥。

李天成躺在那儿没动，新民慌了，他喊叫着：二哥，二哥……

李来中也过来：天成。

他们没有听到声音，新民忙钻进锅炉里去。新民把李天成从锅炉里拖了出来。

李来中和新民把李天成抬下来，放到阴凉里。

陈老伦和陈保卫跑过来。

新民：二哥，二哥……

陈老伦：中暑了吧，快，快去找车！

陈老伦去下脖子里的毛巾，摁进桶里湿水，给李天成擦脸，新民给李天成扇着扇子。

陈保卫开着一辆三轮过来，几个人忙把李天成抬上车去。

三轮沿着村路往村里开去。

＃ · 村路

三轮开过村路。赵秋英和天成娘在后面追赶着，她们凄厉地喊叫着。

赵秋英：天成……

天成娘：天成……天成……

开动的三轮车。特写，转动的车轮。

一组画面与转动的车轮重叠：

一挂鞭炮声正在响着。

李天成和陈老伦把一个牌子挂在厂门的一边。

牌子特写：濮阳县河通镇黄湾村人造板厂

众人鼓掌。

车间，夜，李天成在人造板厂生产线上……

车间外，李天成正和人们往一辆卡车上装人造板……

画面渐渐淡去，出现转动的车轮。

＃·人造板厂大门

转动的车轮。一辆装满刨花板的汽车开出厂门。接着又有一辆装煤的大卡车从外边开进厂里来。开车的是锅底，锅底戴着墨镜把卡车开进板厂大门。

＃·锅炉前的煤场、地磅前

锅底把卡车开到煤场停下，锅炉工推着斗车过来，锅底从车里下来。他用手扶了扶墨镜。

锅底：二平，推车干啥？

炉锅工：试火呀。

锅底：试啥试，过磅过磅。

锅炉工：那不行，这是规矩。

锅底一把抓住锅炉工的车把：真死脑袋瓜子。别人等着用车，今天不试就不中吗？

锅炉工：谁不试都不中。

锅底：二平，我是不是哪点得罪你啦？

锅炉工：不是你得罪我，这是制度。

锅底：啥制度，制度不是人定的？你在这儿等着，我去找二哥。

锅底丢掉锅炉工的车把，边走边说：真他妈的事多。

#·厂办公室

李天成、陈世前、陈世超、新民等人正在开会。

陈世超：我敢肯定是李来望在后面搞的鬼，不是他，就他们几个，谁敢闹？

李天成：这事儿没有证据咱不说。那一年新民他们闹事儿，还有人说是我的后台呢。

陈世前：我看世超说得有理，这事儿不能不防。那一年是群众对李来望有意见。咱这干这几年了，没花过村里一分钱，再闹着不交统筹，啥道理？

新民：明摆着的吗，一圈子看咱赚钱了，眼红呗。

陈世超：咱村里要是没这个厂，看他们还闹不闹。

李天成：这事儿回去都好好地琢磨琢磨，想想船到底在哪儿弯着。

李天成说着站起来：今天先到这儿吧。

陈世前、陈世超等人都站起来走出去。李天成也往外走，新民跟在他的身后。

新民：我看这事就是李来望在后面捣的鬼。

李天成站住，看着新民：你抓着人家的手脖了？别跟在人家屁股后面瞎说。

这时桌子上的电话铃响起。李天成回到桌前拿起电话。

李天成：喂……对……啥事儿你说……这事儿你让市委通知他，你让县委通知他……我知道你是省里的部门，省里的部门就能管得住李天成了？……我找不到他……我上哪儿找他？……你有什么事儿说吧，我转告给他……好好，我转告他……好好……我给你记着……

李天成说着拿着笔在纸上写着，纸的特写，李天成在纸上写着:我不干!

李天成:记了……打不打我就不清楚了,我也管不了李天成呀……对,人家是头,我能管得住李天成?……好好……再见。

李天成放下电话,站起来:想让我上报纸哩。

新民:好事呀。

李天成:好事儿还要钱?拿钱买荣誉,咱不干,报上发表发表,管啥用?不干事瞎搭。他捧得再高,咱还得种地。

这时锅底走进来。

李天成:看你,一脸的煤灰,也不洗洗。

锅底:才回来。

新民:你们说,我去车间里看看。

新民说着走出去。

李天成:板送到了?

锅底:送到了,我回来的时候,顺便拉了一车煤。

李天成:卸了?

锅底:还没卸,二平非要试火不中。

李天成:那你就叫他试。

锅底:镇上瞎老一等着用车,这一试火就得等半天。

李天成:你拉的煤不好?

锅底:咋不好,二矿的煤。

锅底说着从兜里掏出来一张发票:你看你看。

李天成:看啥票,你就是拉一车土,只要二平说好烧,那你就卸,他说不好烧,你就是从美国拉的也不中。这事我不当家。

锅底:在咱黄湾村,你不当家谁当家?

李天成:制度当家。

锅底:你就签个字,我去卸了能咋啦?

李天成:这不怕耽误事了?

锅底厌烦地:好好,我算服你了。咱还一个娘呢,只要我找你办事,八回有九回不成!

锅底说完,气呼呼地转身走出门。

＃・锅炉前的煤场

锅底走过来，锅炉工正在那儿等着。

锅炉工：见支书了？

锅底：没有。

锅炉工：没有还得试。

锅底：你试个鸟！我不卖给你！

锅底气呼呼地打开车门，上车，砰的一下关上车门，发动机器。锅炉工在后面看着卡车开走。

锅炉工笑：真金不怕火来炼，还是你的煤不行。

＃・人造板厂大门

村民甲、乙领着十几个村民围在厂子门口。锅底开着煤车出来，开到门口停下，他从车门里探出头来：哎，没长眼呀？

村民甲走过来：锅底，我们大伙商量抗粮的事儿，你也算一份？

锅底：算个屁。

村民甲：哎，那一年不是你领着我们进城上访吗？

锅底：你们都瞎了眼了，现在支书不是李来望。

锅底说着开车就往外走，门口的人纷纷闪到一边。他们看着锅底的卡车开走了。

村民乙：天平，咱咋弄？

村民甲：咋弄啥，坐这儿，把大门给他堵上。

村民甲说完，自己先在路中间坐下来，十几个村民也都跟着在门前坐了下来，把大门堵死了。一辆装满了木料的拖拉机从大门外边开过来，在门口停住了。汪毛从车里下来。

汪毛：咋回事儿？咋把门堵上了？

坐着的人都不理他。

汪毛:怪事儿。

汪毛说着回到车前,站在蹬板上,把身子探进车里鸣喇叭。听到喇叭响,李来中从厂里跑过来。

汪毛:哎,老三,这咋回事儿?生意不想做了是不是?

李来中白了他一眼:你咋呼个啥?

汪毛:好好,我不咋呼,我可是吃饭去了。

汪毛说着就往厂外走。

李来中:哎,把车开到院里再去。

汪毛:你没长眼呀?都在大门口坐着,咋开?你们先说,我吃完饭回来不耽误事儿。

汪毛说完头也不回地走了。

李来中回过头来:哎,你们坐哪儿?

村民们坐在那里,没有一个人回答他。

李来中:天平,咋回事儿?

村民甲:没咋回事儿,累了,坐这儿歇歇。

李来中:哪歇不了,坐大门口歇着,挡着车没看见?

村民甲:大门就不能歇了?你别忘了,这是俺的地。

李来中:天平,说话可得够一句呀,是你的地不错,你们不是租给厂里了吗?

村民甲:不错,是租了,可这会儿我们又不想租了,你去给支书说一声,我们要把地收回来。

村民乙:对,我们不租了。

村民丙:我们要把地收回来!

李来中:你们论不论理?

村民甲:我们就不是来论理的,你去找支书吧。

李来中气愤地:那好,恁等着。

李来中回头就走……

＃·办公室内

李天成、陈世前、新民、李来中等人都在。场面气氛沉闷。李天成坐在那里沉默不语。

新民：二哥，这事儿咋办，你也说句话呀。

李天成看他一眼，仍然没有说话，他站起身，最后他的目光落在了墙壁上，墙壁上挂着那根被赵秋英烧过的绳子。

李来中：不理他们，当初我们订的有合同。

新民：不就是统筹款吗？顶多厂里给他们拿出来。

李来中：那不中，二百多户的统筹，凭啥我们十二户摊下来？

陈世前：就按新民说的，今年的我们给他拿出来，可明年呢？后年呢？这只是个头。

众人看着李天成。

李来中焦急地：天成，今个咋啦，像个闷葫芦，你也说句话呀！

李天成的目光从那根绳子上移开，落到众人的身上：还得治这个穷根。

新民：我就不明白，穷就有理了？

陈世前：要不是穷，他哪来的理由刺闹你？

李来中：都啥时候了，恁还摆这个理？天成，你说咋个治法？

李天成：办法不是没有……

李天成说着停顿下来。

李来中：有法你就说呗，你这不是急人吗？

李天成抬起头来，看着众人：把厂子作价，卖了。

众人都愣住了。

李来中：把厂卖了？卖给谁？

李天成：卖给村里，让家家户户都入股！

李来中叫起来：天成，你是不是有病？

李天成：我没病。

李来中：喝多了？

李天成：你知道，我从来不喝酒。

李来中：没喝多你咋说胡话？卖厂我不同意。

新民：我也不同意。他们当初干啥去了？咱又不是不让他们入股，我在喇叭里喊了一遍又一遍，喉咙都累哑了，他们咋不入股？

李来中：咱要是赔了呢？他们管不管？

新民：就是，要是赔了，不知道有多少人看咱的笑话呢！

陈世前：让天成把话说完，天成，你说，这厂咋个卖法。

李天成：折旧。

陈世前：咱厂一百多万的家业，卖给村里，一家出一万，都能拿得起。

李来中：让他们拿个试试，十家有八家拿不出来！

李天成：我们把价钱作低点，一百万作它五十万，不就拿起了？

李来中：你疯了还是傻了？作五十万？你这是卖厂？你是卖咱这十二家！

李来中说着站起来：我坚决不同意！

李来中说完气昂昂地走出去。

新民：我也不同意。

新民说完跟着李来中走出去。

陈世前：天成，你这样做，不是正好上了李来望的圈套？

李天成：说说理由。

陈世前：这不明摆着的吗？他为啥要闹？不就是冲着厂子来的吗？

李天成：这样吧，下午咱开个党员会，先商量商量。

李天成说着站了起来：走吧，我去门口看看。

两人一前一后走出去。

＃·人造板厂大门

村民甲、乙一帮人仍在大门口坐着。陈保卫跟着李天成从厂里走过来。

村民乙紧张地：支书来了……

人们都朝厂里看，人群里一阵骚动。

村民甲低声地：慌个球，他能把谁吃了？

李天成走到众人面前停住了，他的目光从每个人的脸上扫过，众人都把目光慌忙移开。李天成最后在村民甲的面前蹲了下来：天平，是你带的头？

村民甲：谁说我带的头？

李天成：我问你，是不是你带的头？

村民甲：不是。

李天成：那你坐在这儿干啥？

村民甲：没事儿，歇歇。

李天成：是不是还想望着几年前那两个烧饼一碗汤？

村民甲：你送那汤喝着是不赖，可这会儿我没想。

李天成：那你这会儿想的啥？

李天成说着指了指身后的厂子：是不是想把这个厂子当成一块儿肥肉吃下去？

村民甲：支书，你别吓我，我可没那么大的胃口。

李天成：没这胃口？那你咋到处乱说？

村民甲：我说啥了？

李天成：说啥，把板厂作价卖给村里，让家家户户都入股，这话是不是你说的？

一听这话，村民甲急了，他噌一下站了起来：哪个龟孙这样说了？

李天成也站起来：急啥，到底说没说？

村民甲：没说！

李天成把目光从村民甲身上移开，看着众人：河水，是不是你说的？

村民乙：支书，你调查清楚，我可没说。

李天成：都不敢承认是不是？不敢承认那你们都还坐在这儿干啥？就想着把你们那几分盐碱地要回去？……你们闹也不是这

个闹法，厂子垮了对你们有啥好处？把厂子作价卖给村里，让这家那家都入股，这话别讲谁说的，我们都要好好地研究研究，去吧去吧，都回家好好等着，说不成了，再来堵门不晚。

村民甲：支书说的没听见吗？都还坐着干啥？起来起来。

众人纷纷站起来。

村民甲：支书，那我们就回家等着了。

李天成：去吧，都回家等着。哎，这谁拉的木料？

村民甲：镇上的汪毛。

李天成：他人呢？

村民甲：去村里的饭馆吃饭了。

陈保卫：这货，别看他开着车，一吃准喝。

李天成：你先替他把车开到院里去，别挡着路。

李天成说着走出厂门。

陈保卫：你去找汪毛？

李天成：我去看看老伦叔。

李天成朝村里走去。陈保卫走到拖头前，上去。车开动。

车慢慢地开进院子里，停在离带锯不远的地方。

＃・陈老伦家、屋内

陈老伦家新盖的房子内，陈老伦正在床上躺着，李天成推门进来：老伦叔。

陈老伦忙起身下床：天成呀，你咋跑来了？

李天成忙上来，扶着陈老伦。

陈老伦：好了，你不来我也准备起来呢。

李天成：饭吃了？

陈老伦：吃了，是秋英过来给我下的面条。唉，我这一病，可苦了秋英了，见天跑来给我做饭。

李天成：应该。

李天成说完，目光移到桌前，桌子靠墙放着老伦妻的遗像。老伦妻遗像的特写。李天成把目光移回来：这人，活着快，死了也快，俺婶一晃可就去世半年了。

陈老伦：平时吧，在厂里吃饭干活，不显，真有个头疼发烧……

陈老伦说不下去，眼睛红红的。

李天成：我瞅着给你说一个？

陈老伦：天成，我可没这样想，我这马上就六十岁的人了……

李天成笑：看你紧张的。

陈老伦也笑了：哎，听秋英说，村里人又闹事呢。

李天成：我就是来给你商量这事呢。

陈老伦：有想法了？

李天成：我想把厂子作价卖给村里。

陈老伦：哦……

李天成：说实话，这事儿我琢磨一年多了，就是找不到机会。

陈老伦：都琢磨透了？

李天成点头。

陈老伦：走吧，去厂里说。

说着，两人走出去。

#·李来望家、屋内

李来望正坐着吸烟，村民甲匆匆地走进来。

村民甲：望叔……

李来望：堵了？

村民甲：堵了。

李来望：堵一屁会就回来了？

村民甲：不是我们回来，是他们准备把厂子作价卖给村里，让村里家家户户都入股哩。

李来望感到意外，他站了起来：听谁说的？

村民甲:我也不知道……

李来望:谁说的不知道?

村民甲:李天成。

李来望:李天成?

村民甲:这话不知从哪儿传出来的,他还问我呢。

李来望:哦……

李来望思索,慢慢地坐下来。

· 厂办公室

李天成、陈世前、陈世超、新民、陈老伦、陈保卫正在开党员会。

新民:入股,谁都可以入,去年不就入五家吗?为啥非把厂子卖了?为啥非把顶一百万的东西作五十万?不管咋说,这事儿,我想不通!全村几百口子,总不能叫咱这十二户背着抱着吧?

陈老伦:新民,你说这话我不赞成,要是真让背着抱着,咱也不能说别的。

新民:咋,我该他的?

陈老伦:咱谁的也不该。

新民:那为啥要我背着抱着?

陈老伦:因为你是党员!

新民看着陈老伦,不语。

李天成:都想想,我们党员的标准是啥?党员的标准就是吃亏,就是为群众谋福利。

李天成说到这儿,突然站起来:大家说,我这个支书是咱十二户的支书,还是咱村一百六十八户的支书?

陈世超:看你说哩,当然是村里的支书了。

李天成口气缓和地:既然是村里的支书,我就得为全村人着想。

新民:你为村里人着想,我不反对,可你也不能拿着咱十二户的家业分给别人呀,厂子是咋干起来的?那是咱的血汗!

陈老伦:新民,支书比你少干了?当初干厂的时候,你入股拿多少钱,支书拿多少钱?支书把自己的家底都拿出来了,十二万,可分红的时候,支书不是没有多要一分吗?

大家沉默不语。

李天成:你们说,咱有多少钱才算富?第一年,入股的七家,一家分红十二万七,今年,咱十二户每股又分十二万,村里人都眼巴巴地看着咱,那眼神烫人,你们就不觉得?咱再这样干下去,一年家家都分十几万,那村里贫富差距不越来越大?村里的群众不越来越眼红?今年村里人为啥闹着不交统筹款?今天他们为啥堵着厂里的大门?你以为他们真是想收回那几分地?不是,他们是心里不平衡。

陈老伦:这样下去矛盾会越来越大,要是有人偷偷给咱厂里放上一把火,把厂子烧了……

新民:他敢!

陈老伦:有啥不敢?人一穷,一急,啥事儿干不出来?咱村去偷油田的还少?

众人不语,都看着李天成。

李天成:老伦叔说得有理,这些,咱不能不想。我们整天说为村里人谋福利,怎么个谋法?我们手里现在都有个一二十万,可真要让你拿出来个一万两万的给村里修路,你心甘情愿地拿得出来吗?新民,你说你能拿吗?

新民:我拿。

李天成:别给我赌气,说实话,是真愿意还是假愿意?

新民低头不语。

李天成:别说你,我拿着都心痛,那是自己挣的钱,血汗钱,你以为说出就出了?那就像割自己身上的肉,谁不嫌疼?所以说,这事就不好办,是不是?钱一到自己手里,你拿着嫌疼,他拿着嫌疼,那咱村里的路啥时候能修好?咱村里的学校啥时候能盖起来?现在唯一的办法,就是让全村的人都入股,像咱一样挣钱,等村里人手里都有钱了,到时候啥都好办。你们说是不是这个理?

李天成停顿一下，看着众人：咱也不能就看眼前四指这么远，说实话，我是想往大里发展，村里有土地，有劳力，咱把全村人的积极性都调动起来，咱现在有两条素面生产线，一条中密度的纤维板生产线，村里家家要都入了股，有了资金，咱还要上第二条中密度板。咱还要上三聚氰胺贴面板生产线，我今天下午去南京，就是谈这事儿，这都需要资金，没钱拿啥上生产钱？不上生产线厂子怎么发展？现在正好是个机会……

李天成又停顿了一下，接着又说：再说，咱也不能只守着这么一个板厂，等资金有了积累，咱还要干别的厂，用人的地方多着呢。你看咱们现在吃亏了？等我们的企业发展大了，你就会明白，你就知道是吃亏还是赚便宜了。

陈老伦：我还是那句话，没有天成领着咱干，咱谁也到不了这一天。卖厂的事儿我赞成，全村家家都入股，都挣点钱，都分点红，这多好。

陈世超：初干厂的时候，不是支书拉我，也没我今天，我没啥意见。

陈世前：说句实话，这事儿我也有点想不通，我是怕上了别人的圈套，这事儿我保留意见。

新民：我也保留意见。

李天成站起来，语气坚定地：有意见可以保留意见，厂子作价卖给村民的事儿，咱就算初步定了。

陈世前：那几户不同意咋办？

李天成：那就看我们的态度，我们要积极做工作，问题肯定会解决。这事儿今天就说到这儿，今天晚上我和保卫去南京出差，有事等我们回来再商量。

陈世前、新民、陈世超等人纷纷站起来，往外走。李天成叫住了陈保卫。

李天成：保卫，我回家换件衣服。

陈保卫：你就在家等着吧，我一会儿去接你。

＃・工厂院内

李天成从办公室里出来，他看到李公社从车间那边走过来：公社，你去喊来中过来。

李公社：他下班回家了。

李天成：哦……

＃・李来中家、屋内

田桂荣正在门边的水盆里洗手，李来中走进来。

田桂荣：听说准备卖厂哩？

李来中：你听谁说的？

田桂荣：村里人都在说，是谁想的点子？

李来中：还会有谁？

田桂荣：不理他，我猜就是他，俩卖一个的钱，这事儿只有他李天成想得出来。

李来中：厂里的东西，二百万也不止。

田桂荣：一下就少卖一百多万，他凭啥拿着咱的钱去买好？

李来中：人家是支书。

田桂荣：支书咋了？咱就不同意，他还能枪毙咱？

正说着，门外传来李天成的声音：老三——

李来中：他来了。

田桂荣：他来了咋了，谁能怕他？

田桂荣说着端起洗脸盆往外走。

＃・李来中家、院内

李天成推门进来，他一边往屋里走一边叫。

李天成:老三——

田桂荣端着水出来,兜头朝李天成泼过去,水一下子泼在了李天成脸上,身上。

李天成站在那里,水从他的脸上身上往下流淌着,水泼湿了他的衣服。

田桂荣:咦,是支书呀,你进门也不说一声,看看,泼你一身脏水。

李天成站在那里没说话,他用手擦了一把脸,转身朝外走去。

田桂荣:支书……

李天成在门口停住了,他回头看着田桂荣。

田桂荣:到家了也不坐会儿?

李天成:我这一身湿漉漉的,能进你屋里去?我得去村街里走走,让村里人看看我这一身。

李天成说完走出去,田桂荣愣在了那里。

李来中从屋里走出来:你干的啥事儿!

李来中说完,忙走出去。

♯·村街、李来中家前

李天成从李来中家出来,正要推车,李来中追出来:天成……

李天成停下,看着李来中,不语。

李来中:看看,把你这一身弄的,走走……

李来中说着过来拉李天成:回屋换身件衣服。

李天成:哎……拉啥拉?放手放手。

李来中尴尬地站着:天成……

李天成打量着李来中,话中带刺地:你是谁?我不认识你呀?

李来中:天成……

李天成讽刺地:你不是这村里人吧?

李天成抬头看着李来中家的门楼:这门楼,这房子是啥时候盖的?以前没有呀?

李来中终于被李天成的话激怒了。

李来中：你不认识我是谁？我不是这村里人？你这话啥意思？

李来中说完就往回走，他走到门口站住，回头看着李天成。

李来中：我这房子是你给盖的中不中？我混得人模狗样的都是因为你中不中？你是我的大救星中不中？你是俺爹中不中？

李来中说完砰的一下关上了门，李天成站在那里，看着门上摇动的门环，他有些内疚地站在那里，迟疑了一会儿，还是走到大门边，伸手敲门：老三，老三……

可是那门没开。

＃·李来中家，院里

李来中伤心地蹲在门边，有泪水流下来。

田桂荣走过来，看到蹲在地上伤心的李来中，惊慌地：咋了咋了，这咋了，哭啥？

这时又传来李天成的敲门声：老三，开门。

田桂荣把门打开，李天成站在门外，可还没等他们说话，李来中噌的一下站了起来，一下把田桂荣拉到一边，指着李天成：那厂是你的，我不干了还不中？我还回河边撑我的船！

李来中说完咚的一下又把大门关上了，把李天成关在了门外。

＃·李来中家大门外

李天成站着，他举起手想敲门，但他的手到了门边，又停住了。门里传来田桂荣的声音。

田桂荣的画外音：哭啥，一个大老爷们哭啥，没出息……

门里的声音小下去。一辆夏利从村街里开过来，在李天成身后停下，李天成回过身，看到了车里的陈保卫。

陈保卫：咦，哪来的一身水？

李天成：别提了，走走。

陈保卫：李来中泼哩？

李天成：不是。

陈保卫：红裙她妈？

李天成：瞎猜啥，走走。

李天成说着推车骑上就走，陈保卫开车跟在后面，他嘴里嘟嘟囔囔地说着。

陈保卫：肯定是因为卖厂的事儿……

＃・锅底家、院内

院子里铺着一领箔，天成娘和红裙正在箔上套被子。

李天成推着车子，穿着一身湿衣服进来，陈保卫跟在他的后面。

天成娘和红裙停下手中的活：咦，身上咋弄的了？

李天成支住车子。

陈保卫：红裙她妈泼哩。

天成娘：红裙，快给你二哥拿手巾。

红裙站起来，下箔穿鞋，拿毛巾递给李天成：拿水往身上泼啥？

陈保卫：抬杠了。

红裙：给谁？

陈保卫：你爸。

红裙：俺妈咋这样？

天成娘：俩老爷们抬杠，你一个女人家掺和啥，为啥？

阿保卫：支书准备把厂子作价卖给村里，让全村人都入股，人家都同意，就红裙她爸不愿意。

李天成站在一边擦着头发心事重重地一句话也不说。

陈保卫：你看，硬泼支书一身水。红裙，我说你爹就是糊涂，这下把全村人都得罪了不说，就连你家也不能入股。

红裙：俺爹就是这，你这是为村里人着想，他为啥不同意？后来咋说?

陈保卫:还是不同意。

红裙:我去看看。

红裙说着就往外走,李天成叫住了她:哎,你去了咋说?

红裙:我就问他为啥不同意。

李天成:这样肯定说不好,我教你个法儿,一会儿你找几个人……

#·李来中家、院内

田桂荣正在院子里的小凳上坐着拣菜,公社妻走进来。

田桂荣:你咋舍得到俺家来?

公社妻:咋不舍得,我这不来了?

田桂荣:你真是个大忙人,自从我家在村里盖了新房,你一次都没来过,来……

田桂荣说着给公社妻搬凳子:来,坐。

公社妻:不麻烦,我说句话就走。

田桂荣:啥话你说。

公社妻:听说你们十二家准备把厂卖给村里?

田桂荣:没有呀。

公社妻:咋没有,村里人都讲翻了,还说就恁一家不愿意。

田桂荣:谁说的?

公社妻:村里人都在说。

公社妻说着往门边走。

田桂荣:不坐了?

公社妻:不坐了,回去等着做饭呢。

公社妻一边走还一边回头说:哎,人家要问,可别说是我说的,我一片好意……

公社妻说完走出去。田桂荣愣在那里。

#・李来中家、屋内

李来中正在屋里坐着，田桂荣匆匆进来：哎，刚才说的，你都听见了？

李来中：谁说叫谁说，我就不同意！

两人正说着，屋外传来了天成娘的声音：他三叔……

#・李来中家、院内

天成娘已经走进了院子，田桂荣从屋里走出来：是你呀，嫂子，坐坐。

天成娘：不坐了，我过来给你说句话。

田桂荣：啥事儿，你说。

天成娘：听说卖厂就他三叔自己不愿意？

田桂荣：你听谁说的？

天成娘：谁说，村里的人都在说，你对他三叔说，别傻了，这下不把全村人都得罪了？人不能为了俩钱，啥都不要，你说是不是？

田桂荣：你说得对，做人要紧。

天成娘：别的没事儿，我就过来给你说一声。

天成娘说着往外走。

田桂荣：不坐会儿？

天成娘：你忙吧，我回去还有事呢。

田桂荣看着天成娘出去，愣愣地站着，自言自语：这弄的啥事儿……

#・李来中家、屋内

李来中正在屋里坐着，田桂荣走进来：刚才说的你听见了？

李来中噌的一下站起来，气愤地：都来吧，让全村的人都来说吧！

李来中说完气呼呼地走进里屋。田桂荣愣愣地看着晃动的门帘。

＃·李来中家、屋内、夜

红裙推门进来：妈——

田桂荣里屋出来。

红裙：妈，村里人都在说你。

田桂荣：说我啥了？

红裙：卖厂，你有啥不同意的？妈，厂子要是归了村里，我和小军两家都能入股，挣一家呢，咱变成三家，三家分红不比一家多？你这一反对，得罪全村人不说，我和小军也入不了股……

田桂荣：我啥时候反对了？

红裙：不是你就是俺爹。

田桂荣：都是你爹！

红裙：俺爹哩？

田桂荣：屋里睡着呢，我去叫他起来。

田桂荣正在进屋，李来中披着衣服从里间出来，横了田桂荣一眼。

李来中生气地：你下午咋说哩？你就是墙头上的草，哪吹往哪儿倒！

李来中说着往外走。

红裙：爹

田桂荣：哎，你干啥去。

李来中：你别管。

田桂荣：看你，这就吃饭了。

李来中：不饿。

李来中说着头也不回地走出门去。田桂荣也生气地在椅子上坐了下来：你爹，就这驴脾气。

＃·工厂院内、夜

李公社和一个工人正在带锯前开木料，带锯切割木料的声音在夜间显得十分刺耳。

汪毛装满圆木的拖车停在离带锯不远的灯光里，汪毛一个人正在解刹车的大绳。

李来中沉着脸走过来，汪毛停下手中的活：三哥呀……

李来中：你的车还没卸？

汪毛：嘿嘿……我去吃饭了……

李来中：又喝酒了？

汪毛：嘿嘿……喝了一点……

李来中学汪毛的声音：喝了一点，闻闻你啥气，熏人！

汪毛：嘿嘿……哎，三哥，帮一把，绳都解完了，车厢一打就齐了……不中，想吐……

汪毛没有说完，就往一边走，没走出多远，就蹲在那里出酒。

李来中：这货，狗改不了吃屎。

李来中边说边走到车厢后边，打开了一边的挂鼻，然后又走到车厢的前边，他侧着身子又打开了前面的挂鼻，车厢却没有动。

这时汪毛又剧烈地呕吐，李来中停下手中的活，走到汪毛的身边，蹲下给他捶背：碍事吗？

汪毛：我……没事儿……

李来中：见了酒就走不动！

汪毛：我……没事儿……

李来中：把你送回去？

汪毛：说没事儿……就没事儿……你去卸……卸车……

汪毛推着李来中：去……帮我卸车……

李来中站起来，一边骂骂咧咧地往车边走：这货……

李来中走到车边，他看到车厢的中间有根绳子还没有解开，他就走过去，拉着绳子的一头。这时汪毛又呕吐起来。李来中回头看一眼，骂一句：这货……

李来中回过头来，他用力地拉动绳子，绳子拉开了，突然，车厢倒下来，整个车厢上的圆木从车厢上滚落下来，把李来中砸在了下面……

正在呕吐的汪毛停下来，他回身惊恐地看着刚刚发生的一幕，他一下子清醒了：三哥……

汪毛大叫一声，朝那堆滚下来的圆木跑去……

正在带锯边干活的李公社丢下手中的活，也朝这边跑来……

喝叫声、纷乱的脚步声在深夜里响起……人们在搬动着木料……

李来中被抬上了一辆三轮车，三轮车开动……

＃·村街、夜

三轮车开过去……田桂荣喊叫着从院子里跑出来……田桂荣在夜间的村街上奔跑……

＃·村街、李来中家门前

门前已经摆放了几个花圈，四周有一些孩子和老人在观看。

一班唢呐艺人坐在门边的一张桌前，正在吹吹打打。临街已经摆放了几张桌子、条凳。李公社、村民甲、乙等许多村民还在抬桌子搬条凳，准备着丧事。

陈世超在一张桌前坐着，正用毛笔在一个用草纸钉成的本子上写着什么。保卫爹拿着一叠草纸过来，走到陈世超的桌前。

陈世超：哎，陈老庆，火纸一份……

陈世超一边说一边往本子上记着，保卫爹又从兜里掏出二十元钱来，放到桌子上。

陈世超边记边说：钱，二十元……

又有两个村民各拿着一份火纸走过来……

＃·李来中家、院内

院子里已经搭起了灵棚，灵棚前放着一张小方桌，方桌后面放着李来中的遗像，遗像前摆着供品，小军和三四个身穿重孝的青年人跪在灵棚的两侧守灵。从屋里传来一片哭号声。

灵棚的一边，放着几张条凳，李来望、锅底等人坐着。田桂荣正席地而坐，哭号。胡香云守在她的一边。

田桂荣：我的娘呀……这叫人咋活呀……

胡香云拉了一下田桂荣，田桂荣止住，擦鼻涕。

胡香云：刚才说的都记住了？

田桂荣不说话，喘息。

胡香云：一会儿他们来了，该说话的时候你得说，别光知道哭。

锅底：叫大伯说吧，她这个样子咋说？

胡香云看了锅底一眼：恁大伯说，要你这个女婿干啥？到时你别拿着胳膊往外拐就中。

李来望横了胡香云一眼：一说话就抬杠，没有你不掺和的。

胡香云：我又咋了，不让我说话？

李来望：叫你说话，你说吧！

胡香云：到时候我就说！

他们正说着，村民甲从人群里挤过来：来了来了。

李来望、胡香云他们往门口看。陈世前、陈老伦、新民从大门里走进来，围看的人纷纷让路。

田桂荣哭号：我的娘呀，这还叫人咋活呀……

陈世前他们走过来，陈老伦叹声气，在田桂荣身边蹲下来。

陈老伦：军他妈……

田桂荣：我的那娘呀……

陈老伦：哎，谁能想着会出这样的事儿……

李来望：都坐吧。

陈世前他们坐下来。陈老伦也站起来，坐下。锅底给他们让烟。

胡香云在田桂荣身边蹲下来，拉住田桂荣：他婶，别哭了，村长他们都过来了，有啥要求，给他们说吧。

可是田桂荣仍然痛哭：我的娘呀，让叫人还咋活呀……

锅底：妈，村长他们都来了，你就别哭了。

胡香云站起来：天上掉下来的祸，村长，你说说这咋弄，一家人都看着他过。

陈世前点着手里的烟，看着正在吸烟的李来望：来望，你们不是都商量过了吗，有啥要求说吧。

李来望：你们有啥打算，先说说。

陈世前：先听听你们的，说吧。

胡香云：说就说，他婶，有啥要求，给村长说吧。

田桂荣哭号：我的那娘呀，没法活了……

胡香云：你看她哭得这个样子，咋说？

陈世前：咋商量的你也知道，你说吧。

胡香云：说就说。俺的人死在厂里，这安葬费花多少厂里就出多少。

陈世前：这没问题，往下说。

胡香云：第一，红裙是出阁的闺女，咱不说，得让小军进厂。

陈世前：这也没问题，让他顶他爹。

胡香云：可不是顶数，是单独算一股，他爹原来那一股还不动。

陈世前和陈老伦互相看了一眼，没说话。

胡香云：刚才那是第一条。第二，俺三弟今年还不到五十岁，他就干到七十岁吧，还有二十年的好时候，这二十年能挣多少钱？谁也说不准，挣个金山银山也不敢说，这二十年的工资得由厂里拿出来吧？

新民没好气地：你说得太少了，他还能干到八十岁呢。

锅底：咋，嫌痛了不是？那皇帝老子不就是干到八十岁？

新民:锅底,那也得有个差不多呀。三叔在厂里出的事儿不假,可他一不是上班时间,二不是帮厂里干活,他是帮汪毛卸木料……

陈世前:新民!

陈世前看了新民一眼。新民不说话了。

陈世前:还有啥条件,接着说。

胡香云:这俺老三一死,家里咋办?他婶子就这个样子,像个病痨,常言说,能养十口,不养一个药篓,你说是不是村长?厂里得拿点养家费。

陈世前:多少,你说。

胡香云看了众人一眼。田桂荣也止住哭,看着他们。

胡香云:不多,三十万……

新民站了起来。

新民:三十万?也有点过分了吧……

田桂荣噌的一下从地上站了起来,拧了一把鼻涕,指着新民:俺人都死了,你还在乎你那俩钱?

新民:婶子,我不是在乎钱,三叔活着的时候,我没有给他分过这那,现在三叔出事了,就是要,也得有个差不多……

陈世前伸手拦住了新民:让人家把话说完。

陈世前看着胡香云:还有啥条件?

胡香云:没有了。

陈世前看着一直没说话的李来望:条件都知道了,可现在我不能答应你,还得等支书回来商量。

李来望看着陈世前:别讲李天成,你们是咋商量的,说给我听听。

陈世前:支书不回来,有些事儿没法定。

李来望突然一拍桌子站了起来:他李天成要是一辈子不回来,这人就不葬了?人都死了两天了,今天就要出殡,到现在你们还没个结果,那还要你这个村长干啥?

陈世前生气地:我这个村长是没用,那你就别问我了。

李来望:好,陈世前,这话可是你说的。你们几个都在这儿,我给你们说清楚，老三的丧事儿，我一分钱不要你们的，啥条件不给你们提！

李来望说完就往外走，把陈世前他们晾在了那儿。

＃・村街、李来中家门前

门前的唢呐吹吹打打，许多人都挤在门口看热闹。一个老会手指挥着一帮人男人正在门外准备抬棺的架子。李来望从门里走出来，老会手迎上来：来望，架子齐了。

李来望：把人给他们抬到厂里去。

老会手回头招呼众人：出棺！

那群人在老会手的带领下，走进门去。

红裙哭泣着，穿着重孝从大门里出来，锅底和胡香云几个人跟出来：大伯……

李来望看着她，没说话。

红裙：把俺爹抬哪去？

李来望看了她一眼，没说话，对锅底：厂里。锅底，安排几个人，头里先走。

锅底回身往院里去，被红裙叫住了。

红裙：天功……

锅底站住了。

红裙：要这样，给咱二哥咋说？

李来望：女孩子家，这哪有你的事儿。

红裙：大伯……

李来望把眼一横：你还让我管不让？

胡香云上来拉着红裙往院里走：走，这不是咱操的心。

胡香云拉着红裙进了大门，老会手从门里出来：来望，准备好了。

李来望：出棺！

唢呐声响起来……

＃·村街

唢呐班吹打着在前面，十几个人抬着一副棺材在后，从村街一路走过来。红裙、李小军和一帮孝子穿着重孝跟在后面哭着。田桂荣被两个媳妇扶着哭天喊地，也跟在后面。

李来望、锅底、村民甲、乙和许多村民都跟在后面。

＃·工厂院里

一辆夏利车开进厂里，车还没有站稳，陈老伦和新民就跑了过来。陈世前也跟过来。

李天成和陈保卫从车里下来。

陈老伦：天成……

新民：二哥，你可回来了。

李天成：看你们紧张的，出事了？

陈老伦：李来中死了。

李天成愣住了：谁说的？

陈世前：李来望要闹事哩，你听听。

唢呐声从厂里外边传过来，李天成回过头来。那群抬棺的队伍已经接近了大门口。

新民：我把门关上，把他们堵在外边。

新民说着就往门边去。

李天成叫住了他：新民。

新民站住，他回身看着李天成：能看着他们把棺材抬进厂里来？

李天成没有说话，他朝厂门口走去。

＃·厂大门口

那群抬棺的队伍走过来。李天成从厂里走出来,他身后跟着陈世前、陈老伦、新民一群人。走在前面的唢呐队一看到李天成他们从厂里走出来,停住了。

李来望从人群的后面走过来,他看到了李天成。两人相视着。

老会手走过来:来望……

老会手还没说完,李来望伸手止住了他:先放下。

老会手对抬棺的众人:一齐落地。

众人把棺材落在地上。所有的人都停下来,没有声音。众人的目光都注视着李天成。

李来望盯着李天成。李天成一步一步地走向那口停放在架子上的棺材。

众人给他让开路。李天成走到棺材前,他看着那口棺材。

李天成突然凄厉地叫一声:三叔——

李天成扑通一下跪在了棺材前:三叔……

李天成一声没有喊完,就失声痛哭起来。红裙和几个女人过来,也围着棺材哭。

田桂荣哭号着过来,她拍打着棺材哭:我苦命的人呀……

唢呐声响起来。

李天成跪在棺材前痛哭不止:三叔呀……

李来望不耐烦地:老伦,叫天成起来,我们还说事呢。

陈老伦走到李天成身边,弯腰拉李天成:天成,别哭了,谁不知道你对来中好,唉……

陈老伦说着说着自己也掉下泪来:他困难的时候,你把一个大棚都给了他,这谁不知道……要不是你领着咱建厂……

田桂荣拍着棺材哭述:你个没良心的……你不说一声就走了……支书待你这样好……

陈老伦:天成……起来吧……

陈老伦拉李天成,李天成不起,仍旧痛哭不止:三叔呀……

陈老伦擦着眼泪走回来:……叫不起来。

陈世前朝李天成走过去,他来到李天成身边,拉李天成:天成,别哭了,出去跑了几天了,你也得注意身体……谁不知道你对来中好,小军的媳妇是你张罗着说的,这房子也是你亲自张罗着给他盖哩……天成……

陈世前说着说着也忍不住落下泪来。

田桂荣拍打着棺材哭述:你个没良心的……你不说一声就走了……支书待你这样好……

陈世前又拉李天成:天成,别哭了……

可是李天成不起,跪在棺前痛哭:三叔呀……

陈世前擦着眼泪走到李来望身边:哎……

李来望燃了一支烟,他拿烟的手都有些颤抖,不耐烦地:锅底,喊你二哥,别哭了。

李天成跪在棺前痛哭。

锅底过来劝李天成:二哥,你别哭了好不好,起来吧……

李天成不起,痛哭。锅底落泪。

李天成:三叔……

锅底:二哥,别哭了,你把人的心都哭碎了……谁不知道你待我爸好……你就别哭了……

田桂荣拍打着棺材,哭述:……你个没良心的……谁也不为……就为了支书待你这样好……你也不能走呀……

李来望气恼地把手里的烟头扔在地上,他走到棺材前,把锅底拉到一边,又去拉李天成。

李来望:李天成,哭两声算了,起来起来……

李天成不起,痛哭:三叔……

李来望:起来起来,咱商量事呢。

李天成:三叔呀……

李来望:起来吧,咱还商量事儿……

李天成：……三叔……我对不起你……

李来望没好气地：都是你好，咋会对不起他？

李天成哭述：……哎……没有做通你的思想……三叔……我是要把厂子卖给村里……是想让小军入股……让红裙入股……让望叔也入股……让全村的家家户户都入股……这厂就是全村的厂……可我还没有做通他的思想……他就走了……三叔……

李来望：你的好心我领了，你别哭了好不好，再这样哭下去，事还得商量，这外边百十号人都在等着，你这哭到啥时候是个头？

红裙止住哭，她来到田桂荣的面前，拉拉田桂荣：妈，你也去说句话呀。

田桂荣止住哭：我说啥？

红裙：人家说的你就没有听见？没有二哥，咱会不会有今天，你还要这要那，咋说出口？妈，去吧，别让二哥哭了，咱啥都不要。

田桂荣站起来，过来拉李天成：支书……别哭了，起来吧。

李天成：三婶……我不哭……你也别哭……咱去商量三叔的事儿……

田桂荣哭述：……不商量……啥都不商量……啥都不要……你待你三叔这样好……我要了对不起他……我啥都不要……啥要求都没有……

李来望一听，转身就往外走。

老会手迎上来：来望，咋弄？

李来望气愤地：我不管。

李来望说着走出人群，头也不回地独自一人朝村里走去。

唢呐声……

第　八　集

＃·一组画面

唢呐声中，李天成，陈世前一帮人正在给学校的教学楼奠基。教学楼建筑工地，几辆装砖的机动三轮开过来，在建筑工地上停了下来。开车的是新民、陈保卫等人。

赵秋英、田桂荣、春莲一群妇女过来帮着卸砖。

一群孩子往工地上送砖头。几个老人挑水来到一堆石灰前，往灰里倒水。

李天成和陈老伦正在架子上垒墙。李天成正在指挥着上楼板。

教学楼已经建成。

一对鼓槌正在敲鼓。画面拉开，一群敲锣打鼓的人。

锣鼓声中，李天成和陈世前把一个牌子挂在教学楼前面。

牌子的特写：濮阳县河通镇黄湾村小学。

国歌声中，冉冉升起的国旗，成队的小学生在为国旗敬礼。

李海燕站在学生的当中。画面和一只转动的车轮重叠，画面渐渐淡出。

转动的车轮。画面拉开，一辆夏利轿车行驶在公路上。

＃·行驶的车内

陈保卫正在开车，车里放着音乐。李天成靠着后背睡着了。路边出现一个路标，路标的特写：徐州。

陈保卫推了一下李天成，李天成醒来。

陈保卫指了指前面的路标。路标一闪而过。

李天成回头从车里往后看着:到徐州了?我这一觉睡了二百多地呀。

陈保卫:那是,昨天你一夜没睡。

李天成伸了一个懒腰。

陈保卫:支书,咱不认识一个人,去哪找技术员?

李天成:鼻子底下不是有嘴吗。

陈保卫:恁两张嘴皮子,人家会信?

李天成:啥事儿不都是人做的,只要你心诚。

#·街道

夏利车沿着街道开过来,停在了路边。李天成从车上下来。

路边饭铺里一个男人正在打烧饼。

李天成走过来:两块钱的烧饼。

卖烧饼的伸手拉了一个袋子,拿起炉子上的烧饼往里装。

李天成:师傅,问个路。

卖烧饼的:去哪儿?

李天成:徐州工业用呢厂。

卖烧饼的:工业用呢?生产啥?

李天成:呢子,做车里的顶棚。

卖烧饼的:哦,知道知道,以前不叫这名,叫帆布厂。

李天成:对对,咋走?

卖烧饼的:一直往前走,过两个路口,见个红灯往右拐,再往前走三个路口,路西就是。

李天成:听你说怪熟的。

卖烧饼的:我老徐州了,会不知道。

李天成:厂里有熟人吗?

卖烧饼的:没有。

李天成掏钱，递过去，接过烧饼。他往屋里看，看到门口边有一个水池子。

李天成：师傅，能借口水喝吗？

卖烧饼的：说话有毛病呀，借，借了啥时候还？

李天成笑了：对不起，讨口水喝。

卖烧饼的也笑了，他朝李天成摆了摆手：说句笑话。敞开肚皮，喝吧。

李天成：那我就不客气了。

李天成走到水龙头边，打开，就着水龙头喝水。

＃・街道、工厂门口

夏利车开过来，停在路边，李天成下车。李天成手里拿着烧饼一边吃一边走过来。他看到厂门口挂着的牌子。牌子的特写：徐州市工业用呢厂。

李天成回到车边：你先找个住的地方。

陈保卫：你呢？

李天成：我先瞅瞅。

陈保卫开车走。李天成回过身来，他在工厂大门路边上坐了下来，吃烧饼，他一边用手接着咬掉下的馍渣，一边盯着厂门。从厂里开出一辆卡车。

李天成坐在那里吃着烧饼。吃完烧饼他把手里的馍渣捂在嘴里，站起来，拍拍手，朝大门边走去。

＃・门卫室

李天成走进大门，他往门卫室里瞅着。一个五十多岁的门卫提着一只茶壶正往水瓶里倒热水。李天成看见门卫没有注意到他，就故意地咳嗽。

门卫听到声音,抬起头来看他:哎,干啥了?

李天成:找个人。

门卫:找谁?

李天成进门,从兜里掏出烟来,递给门卫一支:你们厂技术科的。

门卫从桌子上撕了一溜报纸在煤火上燃着,点烟,看着李天成:技术科的谁?

李天成:刘技术员。

门卫:刘技术员?技术科没有姓刘的呀。

李天成做出困惑的样子,他一边抓着头皮一边自言自语:咋会没有?有呀。

门卫:有姓孙的,姓王的,姓田的,就是没有姓刘的。

李天成:哦……能是我记错了?

门卫:你找他干啥?

李天成:送米呀。

门卫:你是卖大米的?

李天成:对对对,刘技术员前两天刚买过我五斤米,说让今天再给他送五十斤,可就是找不着人。

门卫:你在哪儿卖的米?

李天成:家属院。

门卫:你去家属院找呗。

李天成:找了,找了一上午,就是找不到。

门卫:找不到谁啥办法,去吧去吧。

李天成:那五斤米钱他还没给我呢。

门卫:没给钱你让他拿走?有你这样卖米的吗?

李天成:说好今天一块儿给的。

门卫:给你个鸟,你肯定上当了,上哪儿找。

李天成:他给我留的有条子。

李天成说着伸手往兜里掏,掏了半天也没掏出条子来:咦……他给我留的条子呢?

门卫:找也没用,给我说吧,长得啥样?

李天成:戴眼镜,有四十多岁,瘦瘦的。

门卫:男的女的?

李天成:男的。

门卫:没有,你肯定上当了,男的戴眼镜是个胖子。

李天成:姓刘?

门卫:姓田。

李天成:你能让我进去找找吗?

门卫:走吧走吧,肯定没有,别在这儿耽误工夫。

李天成很无奈地离开。

#·街道

李天成在街边的一棵树边蹲着,往工厂大门这边看着。

从大门里出来一个推车的人,他忙站起来。他看清那是一个小伙子,又蹲了下来。李天成看了看手脖上的手表。这时工厂大门那边传来了声音,是工人下班了。李天成忙站起来,朝厂门口走去。

#·工厂大门前

下班的工人不断地从大门里出来,李天成站在路边往人群里瞅着。人们从他的面前走过去,李天成瞅着。这时有一个中年妇女推着车从厂里出来,李天成迎上去:哎,同志……

中年妇女停下,看着他。

李天成:麻烦问个人。

中年妇女:谁?

李天成:你们厂技术科的田技术员。

中年妇女:田技术员?

李天成:胖子,四十多岁,戴眼镜。

中年妇女:哦……你说田中海?

李天成:对对,就是田中海。

中年妇女回头朝人群里瞅了一眼:好像走过了吧。

李天成:你知道他在哪儿住吗?

中年妇女:家属院。

李天成:几号楼?

中年妇女:几号楼我还说不清楚呢。

李天成:家属院在哪儿?

中年妇女:一直往前走,右边第一个大门就是。

李天成:好好,谢谢你了。

中年妇女:不客气。

中年妇女骑上车离开,李天成又往厂里看一眼,也跟着离开。

· 家属楼前

李天成和陈保卫来到一栋楼前,李天成:你在这儿等着,我去问问。

李天成说着,走进一个门洞。

· 楼道

李天成走进来,他看着两边的门,最后在一边的门前停了下来,伸手按了一下门铃。屋里传来脚步声。门打开,防盗门里站着一个女孩。

女孩:你找谁?

李天成:田师傅在家吗?

女孩:你找错了,我们不姓田。

女孩说着就把门关上了。李天成看着关闭的门,又往楼上走。

李天成来到二楼,停住,伸手又按门铃。

屋里传来脚步声,门开,隔着防盗门,里面站着一个老同志:你找谁？

李天成：田师傅在家吗？

老同志：田师傅？

李天成：田中海。

老同志：他在二号楼住。

李天成：哦……我记不清了，哪个门洞？

老同志：三单元。

李天成：也是二楼？

老同志：六楼，左手。

李天成：谢谢。

老同志说完，关门。

♯·家属楼前

李天成从楼洞里走出来，陈保卫迎上来：找着了？

李天成：找着了。

♯·楼道、夜

楼道里亮着灯。陈保卫和李天成一人背着一袋子东西走上楼来，放下，喘着气。

陈保卫：六楼，也太高了。

李天成：左手，就这。

李天成走到门前，伸手按了一下门铃。屋里传来脚步声。门开，田技术员站在门里。

技术员：找谁？

李天成：田师傅在家吗？

技术员：我就是，有事儿？

李天成擦了一把额头上的汗：俺支书让给你带的农产品，一袋子花生，一袋子红薯，都在门口放着呢，你弄屋去吧。我们走了。

李天成说完就往楼下走。

技术员开门出来：哎……

李天成和陈保卫在楼梯上站住了。

技术员：你们是哪儿的？

李天成：河南濮阳。

技术员：河南濮阳？

李天成：对，濮阳油田你听说过吗？

技术员：哦，这我知道，在黄河北边。

李天成：对对，那东西是我们支书给你送的。

技术员：你们支书是谁？

李天成：李天成。

技术员：李天成，我不认识呀。

李天成：你不认识他，他认识你。哎，对了，你看我送来就走，还得麻烦你给我打个收条呢。要不，我回去给支书咋交代。

李天成说着又走上来，陈保卫也跟了上来。

李天成：保卫，把袋子给田师傅掂屋去。

李天成两个各掂起一个袋子往屋里去。

技术员：哎，别往里面掂。

技术员说着跟进去。

#·技术员家、客厅

李天成两人把袋子放下，技术员跟进来：不行不行，这东西我不能收。

李天成：咋不能收，都是自家地里种的。

李天成说着走到袋子前，从里面捧出一把花生：你看看，又不是啥主贵的。

李天成说完又把花生放进去。

技术员:我又不认识你们。

李天成:俺支书知道你。

技术员:他咋会知道我?

李天成:你不是厂里的技术员吗?我们村里也准备上一个工业用呢厂,需要技术员,我们支书到处打听,就打听到你了。

技术员:你们村里上工业用呢厂?

李天成:是呀。

技术员:哦……来来,坐,坐下来说。

李天成和陈保卫坐下来。

技术员:你们是个啥样的村,准备上工业用呢厂?

李天成:我们村一百六十多户,有个人造板厂,一年纯利润三、四百万,干了几年了,村里有些积累,准备再上一个厂子,就选准了工业用呢。

技术员:这工业用呢不比你们造板,是技术活。

李天成:要不我们支书咋会来请你呢?

技术员:请我?

李天成:是呀,要不请你,我们跑几百地到你这儿来干啥?

技术员笑:你们支书也真会开玩笑,他就没想想,请一个技术员需要多少钱吗?我是厂里的正式职工,到你们那儿咋说?

李天成:好说,你都有啥条件吧?

技术员:条件当然有,前两个月我们江苏盐城有人来,也是准备干工业用呢厂,我一说条件,就把他们吓走了。

李天成:条件再高,也得有个数呀。

技术员:这项技术一个人不中,最少得三个技术员。

李天成:那咱就请三个。

技术员:每个人先付六万块钱的安家费,四万二千块钱的劳保费。

陈保卫:加起来一个就是十万多?

技术员:没错。

李天成:就不能少点?

技术员:不能少。

李天成:钱啥时候给你?

技术员:你要想干,咱不得有个合同吗?签了合同就付。

李天成:这就是说,我厂还没建呢,就先给你三十万?

技术员:对了,不好办吧?

陈保卫:还要工资吗?

技术员:笑话,不要工资我去干啥?

陈保卫:多少?

技术员:一月最少一千五。

陈保卫:一千五,一年一万八……

陈保卫看着李天成。

李天成:你能保证那两个技术员给你一块儿去吗?

技术员:咱这不是瞎说吗?你又不当家,先回去请示请示你们支书再说。

李天成:你说个利亮话,要是我带着钱来,你又说找不到人,我回去咋交差?

技术员:你只要答应条件,人绝对没问题。

李天成:技术呢,有保证吗?

技术员:你还信不过我?

技术员说完,走到桌前,他拉开抽屉,从里面拿出一沓证书来。放在李天成的面前。

技术员:你自己看,这是我大学的毕业证,这是技术职称证,这是我的科研项目获奖证书……

技术员一个一个都拿着让李天成看,李天成看看照片,看看技术员,边看边点头。

李天成:好,好,我们回去商量商量。

＃·村部

李天成、陈世前、陈老伦、新民他们正在开会。

李天成:科学顶不顶钱?顶钱!技术顶不顶钱?顶钱!咱就先拿出来三十万,舍不得孩子打不着狼,不先花这三十万,就没有技术,没有技术,厂子就干不起来,没有厂子,咋发展?一切都是空话。这工业用呢厂,咱定了,干!

#·楼道

李天成手里提着一个包走上楼来,他身后跟着陈保卫。他们走到门前,按门铃。门开,技术员站在防盗门里。

李天成:田师傅。

技术员:是你们。

技术员开门:进来进来。

李天成和陈保卫进屋。

#·技术员家、客厅

李天成和陈保卫走进来,技术员跟进来:你们支书没来?

陈保卫:他就是我们支书。

技术员有些意外地看着李天成:你就是支书?

李天成笑了:我把钱给你带来了。

李天成说着把提包放在桌子上,一把一把地从里面往外掏钱,然后放在桌子上。钱的特写。

技术员愣在了那里,他看着李天成一直把钱掏完。

李天成拍了拍堆放在桌子上的钱:数数,三十万零六千块,都在这儿。

技术员:你真干?

李天成:那还有假,说干就干。

技术员慢慢地在沙发上坐了下来。

李天成:那两个技术员你找了吗?

技术员:找是找了,但他们还有个条件。

陈保卫不满地:还有啥条件?

李天成看了他一眼,又把目光移到了技术员那儿:啥条件,说吧。

技术员:生产的利润,三七分成。

李天成:赚十块钱你拿走三块?

技术员:不是我难为你,我们能走这一步,也下了很大的决心,你想想,我们这一走,厂里啥都没了,回都回不来,你说是不是?

李天成:技术上你能给我保证吗?

技术员:能保证。按你说的这个规模,我保证你一个月有十五万的利润。

李天成站起来,他握住技术员的手:好,就按你说的,三七分成。

技术员:李支书,你这样的人,我还是第一次碰到。

李天成:这是咱的缘分。

技术员:是缘分,不过有件事儿我一直想问你。

李天成:你说。

技术员:你是支书,又干着厂,你这颗门牙怎么不补上?

李天成哈哈地笑了起来。

技术员:真的,这一颗牙好补呀。

李天成:补是好补,就等你帮我赚钱来补这颗牙呢。

技术员笑了起来:那好那好……

#·村部、办公室

李天成、陈世前、陈老伦、新民等正在开村委会。

陈世前:三七分成,他是不是要得也太高了?

李天成:你舍不得那个三,就没有那个七,没有那个七,不就等于零?看着是亏了,实际还是咱赚了。

新民:要是按他说的,一月十五万的纯利润,那他一月提成不就拿四万五吗?他们一人合多少?

陈世前:那还不好算,一人一万五。

新民:乖乖,再加上工资,他一个月就得一万六七呀。

李天成:眼红了?你要是能把这活儿拿下来,咱不请技术员了,都给你。

新民:你让我掏个笨劲还差不多,技术活我可干不了。

李天成:这就是科学,科学就是生产力,明白这个道理了吧。咱得好好地挣钱,好好地供应咱们的孩子上学,等孩子们上了大学,有了本事,说不定一个月比他们拿的还多。

新民:二哥,那你说只有干了?

陈老伦:天成你说吧,咋干?

李天成:先把车间盖起来。

#·建筑工地

李天成手拿一把瓦刀,正在砌墙壁,新民匆匆地跑过来:二哥,老伦从架子上跌下来了。

李天成放下手里的瓦刀,就往新民来的方向跑去,新民也跟在他的后面。

陈保卫用一辆架子车拉着老伦,陈世前跟在后面,李天成迎面过来:伤着哪了?

陈世前:可能崴着脚了。

陈老伦满头是汗。

李天成:赶紧去医院。

陈老伦:天成,该干活干活,我没事儿,就叫保卫跟我去吧。

李天成:我去。

陈老伦:不中,你和世前谁也不去,工地上离不了人。

陈世前:也好,新民,你和保卫一块儿去。

新民:走。

李天成看着新民和陈保卫拉着陈老伦离开。

李天成：等他回来了，厂里还得给他安排个人。

陈世前：就是，烧个水，做个饭。

李天成：唉……一个人孤单呀，要是老婶子还活着……

陈世前：人生无常，要是年轻，还能说一个……

李天成：伦叔也不老呀，才五十多岁。

陈世前：你就操心给他说一个呗。

李天成：就是……

＃·村街、李来中家门前

李天成肩上搭个褂子走过来，院子里传来田桂荣喂猪的声音：猪姥姥……

正走的李天成突然停了下来，思索，自言自语地：哎……这不挺合适吗？

李天成朝李来中家走去。

＃·李来中家、院内

田桂荣把拌食的棍子放在墙边，李天成走进门来：三婶。

田桂荣：咦，是你呀天成。

李天成：我想给你说件事儿。

田桂荣：走，上屋说。

李天成：不去了，就一句话。

田桂荣：那就坐在院里说。

田桂荣给李天成搬凳子，两人都坐下来。

田桂荣：自从你三叔不在，这几年你到我家来的就少了。哎，有事你说。

李天成：是这……

李天成没想到田桂荣张口就说出了李来中，他突然觉得无从开口。

田桂荣：啥事儿你说呀，吞吞吐吐的。

李天成不好意思地嘿嘿地笑了：是这……

田桂荣着急地：是啥你说呀。

李天成：你看……

田桂荣：天成，你咋变成这样，有啥话不能说？

李天成急了一头的汗：我想给你找个人。

田桂荣：找个啥人？

李天成：男人……

田桂荣愣住了，她看着李天成：你说啥？

李天成：不不，是老伴……

田桂荣变了脸，她指着李天成：天成，你欺负我是个寡妇？

李天成：三婶，你别误会……

田桂荣站起身，转身从墙边拿起那根拌猪食的棍。李天成一看，站起来就跑。

田桂荣扬手把棍朝李天成扔去，棍子砸在李天成的后背上。李天成夺门而逃。

＃·工厂院内

李公社一群人正在忙着往一辆卡车上装板子。

田桂荣骑车从村路上匆匆过来，她支住车子，走进工厂办公室。

＃·办公室内

新民正在黑板上写生产进度，田桂荣气冲冲地进来：新民，天成哩？

新民：不知道呀，有事儿？

田桂荣不说话，转身就走。

＃・工厂院内

李天成急匆匆走进来，他一边跑还一边朝后看着。李天成往办公室走去，刚到门口，一抬头，愣在了那里，他看到田桂荣正双手叉腰站在他的面前。李天成往后退一步。

田桂荣：天成，你给我说清楚！

新民从办公室里出来：三婶，咋了咋了？

田桂荣：叫他给我说清楚。

厂里干活的人也都围上来。

李天成：我不是给你说清了吗？

田桂荣：你说的啥意思？

李天成：没啥意思……

田桂荣：你给大伙说说，你是啥意思？

李天成有口难辩地：我真没啥意思。

田桂荣：恁三叔不在这几年，我有哪点不规矩了，你给大伙说说。

李天成：三婶，看你说的啥话。

田桂荣：想把我从这个村里赶出去？

李天成：看你想哪去了。

田桂荣：这也不是，那也不是，你为啥要给我说个人家？你当着大伙的面给我说清楚，你不说清楚，往后去我还咋在村里做人，你给我说清楚……

李天成无可奈何地：三婶，我真的一片好意。

田桂荣：不中，你得给我说清楚……

李天成给新民使眼色，新民上来拦住了田桂荣：三婶，听了半天才明白，支书是一片好意。

李天成乘机转身就走。

田桂荣上前就去拦他：你不能走……

新民一下抓住了田桂荣，田桂荣不能去拦李天成，就一屁股坐在了地上，失声痛哭起来：老天爷……谁不知道寡妇门前是非多……我没法在村里做人了……

＃·李天成家

李天成正在桌前吃饭，赵秋英走进来：能是两生三岁的小孩，这给寡妇说媒的事儿，也是你干的？

李天成：咋，不能说？

赵秋英：说也给人家说清呀，刚才田桂荣托着世超他娘来问呢。

李天成：这人，怪了，你去给她说，她闹着不让你安生，你三天不管她，她自己又急了。

赵秋英：你就会琢磨着咋挣钱，女人的心思你会知道？你想给她说谁呀？

李天成：陈老伦。

赵秋英：挺合适的，哎，既然说了，就给人家说成呗。

李天成：女人的事我不管。

赵秋英：怕了？人家既然托人来问，就有这个意思。

李天成吃完饭，放下饭碗：就是，那你就给她回个话。

赵秋英收拾饭碗：往后去，没那金刚钻，就别拦那瓷器活。

李天成用手抓着头皮，笑了。

＃·办公室内

李天成正在接电话，红裙走进来。

李天成：……好……好……我这就通知销售科，两天以后就给你们送到……好……再见。

李天成放下电话。

红裙：二哥。

李天成：红裙呀，坐。

红裙在椅子上坐了下来。

李天成:有事儿?

红裙:俺妈这几天牙痛呢。

李天成:牙痛不去看医生。

红裙:看也没用,夜里睡不着,熬的火。

李天成:家里有事?

红裙:二哥,你心里清楚,这事儿还得你来管。

李天成:这是你妈的话?

红裙:她咋好意思说出口。

李天成:孝顺。这样吧,我给你出个主意。老伦叔的脚崴了,不能走路,你想法让你妈去看看他。

红裙:伦叔那边你说了?

李天成:你放心,这事儿有我呢。

♯·陈老伦家

李天成从屋里走出来,陈老伦拄着拐杖从后面跟出来:伦叔,别出来了。

陈老伦:好了,能走。

田桂荣手里提着一兜水果站在门口。

李天成回身看到了田桂荣,愣住了。

李天成嘿嘿地笑了:是三婶。

田桂荣不好意思地:我来看看恁叔。

李天成:好好……

李天成说着急步走出去,顺手把大门关上。田桂荣看着李天成走出去,这才回过身来,看了陈老伦一眼,两人都不好意思地低下了头。

陈老伦:上屋……走……上屋……

＃·大门外

李天成正探着腰趴在门缝上往里偷瞧,他忍不住嘿嘿地笑了起来……

＃·建筑工地、雨

雨哗哗地下着。高大的生产车间已经建起来。李天成等人正在车间里忙活。陈老伦打着雨伞匆匆忙忙地跑过来:天成,运水泥的车陷住了。

李天成:在哪儿?

陈老伦:村里。

李天成拿起挂在一边的雨衣,穿上:走,看看去。

几个人也都拿起雨具往外走。

＃·村路、雨

雨下着,村路上满是泥泞。一辆装满水泥的卡车陷到泥坑里,车身往一边的沟里倾斜着。

新民等人打着雨伞或穿着雨衣站在一边。李天成、陈老伦几个人匆匆赶来。

转动的车轮把轮下的泥水哗哗地摔出老高,等停下的时候,车倾斜得更厉害了。

锅底从车里跳下来:不中,开不出去。

雨水斜着击打着车厢。

陈保卫:支书,水都进到车厢里去了,再这样靠着,水泥就完了。

李天成:再去找几块大点的帆布盖上。

锅底：不中，二哥，你看，这车越来越来往沟里斜，再等会还翻车呢。

陈老伦：天成，这车要是一翻，这车水泥可就完了。

陈保卫：支书，快想个办法吧。

李天成从车后走到一边，对站在雨水里的众人，果断地：都回去拿塑料布，卸水泥！

人们纷纷离开。李天成和新民走到车厢边，他们打开车厢后面的挡板，李天成脱掉身上的雨衣：新民，来，上肩。

新民和陈保卫把一袋水泥拉下来，放在李天成的肩上，又盖上雨衣。

李天成扛着水泥沿着泥泞的路往前走着。

陈老伦也跟着扛着一袋子水泥，上面盖着雨衣在泥水里走着。

村里的男劳力手里拿着塑料布跑过来，加入到扛水泥的队伍里。

冒雨扛水泥的队伍：陈世前、陈保卫、李公社、村民甲、乙……

李来望穿着雨衣沿着村路走过来，他看着眼前那些冒雨扛水泥的人群，他站在那里看着。突然，他也脱掉身上的雨衣，走到车边。

车上的水泥已经卸了一半，锅底和新民头上顶着帆布正在弯着腰往车厢边抬水泥，他们看到站在雨水里的李来望，都愣住了。李来望把雨衣扔给锅底，拍打着自己的肩。

李来望：来呀。

锅底和新民对视了一下，他们把一袋子水泥放在了李来望的肩上，锅底给他盖上雨衣。李来望扛着水泥走。

李来望扛着水泥在泥泞的路上走着，他脚下一滑，没站稳，整个人都倒在了地上。

李天成跑过来，他拉起李来望，一看是李来望，愣住了。

李天成拉他的手慢慢地松开。他们对视着，雨水从他们的脸上流下来。

李来望又弯腰去拉那袋子水泥，但被李天成拦住了，李天成弯腰从地上抱起那袋子水泥，往前走去。李来望忙拾起雨衣，追上去，把雨衣盖在李天成抱着的水泥袋子上。

李来望站住了，他看着李天成抱着那袋水泥在雨水里走远。

扛水泥的队伍从李来望的身边一个接一个地走过。

＃・村街、陈老伦家门楼下、雨

雨还在下着。那辆卡车上的水泥已经卸完。陈老伦和陈世前正蹲在门楼下吸烟。

李天成冒雨走来。陈世前站起来，招呼李天成：天成，过来避雨吧。

李天成走到门楼下，脱下身上的湿衣服拧着水。陈老伦把披在身上的衣服递给李天成。

陈老伦：披上，别着凉了。

李天成：你呢？

陈老伦：我去拿。

陈老伦说完，打起雨伞回身往院子里去。陈世前看着走进院里的陈老伦。

陈世前：哎，老伦和红裙她妈的事儿……

李天成：成了。

陈世前：天成，只有你能办成这样的事儿。

李天成笑了：说实话，啥事儿我都琢磨透了，只有这女人，我算是摸不透……

正说着，陈老伦披着衣服走过来。他合上雨伞：啥又琢磨不透了？

陈世前：女人，你琢磨透了？

陈老伦：谁的玩笑都开。

李天成：说句正经的，看个好，把你和三婶的事儿办了吧。

陈老伦：等等吧，你看这雨，下起来算没个头了。

陈世前：哎，你看这路，一下雨算是出不去了。

李天成蹲下来，脱下鞋子，摔打着鞋子上的泥，一边看着雨中泥泞的村路。

李天成:咱都在这儿,再议议修路的事儿吧。

陈老伦:要修,就下决心,别往后推了。这几年咱厂里年年分红,家家户户也都有些积累,咱趁着修路,也把村子重新规划一下。

陈世前:你看咱这村街,东家长一截子,西家短一截子,不好弄,再说,又都是老宅子,有的大有的小,你咋弄?把多的收回来,他愿意?

陈老伦:光老好好能行?

陈世前:我不是老好好,这是实际情况,以前村里多少户,现在村里多少户,占不占可耕地?

陈老伦:可耕地不能占。

陈世前:这不就难了?不说别的,就说天成舅这老宅吧,他一家顶两家,你能给他划出去?

陈世前说完,两人都看着李天成。李天成穿上鞋子。

李天成:那就从俺妈家开始量。等晴了天,咱硬起手脖就先把这事儿做了,修路!

#·锅底家,院内

院门靠墙的地方卸着一溜成丁的红砖。院里离大门一丈远的地方用石灰新画了一道线,线的中间楔着两根木橛子。天成娘走进来,朝屋里喊着:红裙——

红裙从屋里出来。

天成娘指着院里的石灰线:这谁弄的?

红裙:俺二哥,村里要修路呢。

正说着,锅底匆匆走进来。

天成娘:修路修到这儿?

锅底:不光修路,还重新规划宅基地。妈,按规划,咱这老宅就得划给人家一半。

天成娘:划出去一半?那不中,我就这点家业。我去找他。

天成娘说着走出去。锅底要跟出去,被红裙叫住了:你别跟着瞎掺和。

锅底:瞎掺和,我这房子地基都打过了,咱二哥会不知道?

锅底说完,气昂昂地走出去。

#·村街里

李天成、陈世前、陈老伦、新民他们正在村街里丈量,后面跟着许多村民。天成娘从村街里走来,锅底跟在她的身后,天成娘一边走一边叫:天成,天成……

听到叫声,众人都停下来,李天成忙走过去:妈。

天成娘:天成,你过来,妈问你事儿。

李天成走到娘的面前。

天成娘:要分我那宅子?

李天成:不是分,是村里统一规划。

天成娘:那就规划着你妈了?孩子乖,那宅子可是共产党分给我的,我都住了一辈子啦,到你这儿就给我分了?

李天成:妈……

天成娘:妈养活你值了,我还没有叫你管吃管喝了,你倒先把妈的宅子分了,你不是听共产党领导?你给谁商量了?

李天成:妈……

天成娘:我不是你妈!我给你说,谁要是敢动我那宅子,我就把老命交给他!

天成娘说完转身就走。

锅底:我就想不明白,你这胳膊弯咋老是往外拐!

锅底说完跟着天成娘走,李天成站在那里,一动不动。

陈世前走到他的身边:天成,路咱修,划宅子的事儿我看就算了吧。

李天成回过头来,看着人们,他从新民的手里接过卷尺,语气坚定地:接着量。

#·锅底家、屋内

天成娘正在生气,锅底在一边坐着:妈,我给红裙都计划好了,这临街的三间门面盖起来,让你卖个小百货。这一规划,还盖个啥?

天成娘:宅子是我的,谁不让盖?

锅底:要不……我这就去请建筑队,明天动工盖房子。

天成娘看着锅底:你二哥咋弄?

锅底:你又心疼他了?他咋不心疼你?这事儿你别管,我先把房子盖起来,看他能咋着!

#·李天成家、屋内、夜

屋里没亮灯,李天成和赵秋英在床上躺着。月光从窗子里照过来。

李天成:睡着了?

赵秋英躺在那儿没动,也不说话。李天成起身,趁着月光看赵秋英。

李天成:不想理我?

李天成坐了起来,光着脊梁坐在那里:我知道你心疼这房子,你心疼我就不心疼?这是咱辛辛苦苦盖的,花了三、四万,铁桶一样,我就舍得?

赵秋英:你就不会想想办法,不扒不中吗?

李天成:你想个法我听听?

赵秋英:不挪地方。

李天成:七户的宅子,划成六家,我是支书,咱不挪你让谁挪?

赵秋英:你整天支书支书挂在嘴上,你当了支书就该吃亏是不是?

李天成:你看你,啥是吃亏赚便宜?我给你说,就是不挪,咱这房子到时候也得扒。将来统一规划，盖成一样的楼房，不扒能行？还得扒。还不如咱现在搬出去，找一个好点的地方，不都一样吗？

赵秋英：你会给自己找好地方？

李天成：这回真的，我不骗你。

赵秋英一下把李天成拉躺在床上，给他盖上被子：冻着你，躺这儿说不中吗？

李天成：同意了？

赵秋英翻身，给他个后背：别理我。

#・锅底家

锅底领着十几个民工走进大门来，红裙忙从屋里出来。她把锅底拉到一边：天功，你这是干啥？

锅底：动工盖房子呀。

红裙：你这不是给二哥找麻烦吗？

锅底：找啥麻烦，我已经给二哥说了。

红裙：给二哥说了？

锅底：说了，不说我敢去找建筑队？去吧，你先去烧壶水。

锅底说完不再理红裙，去招呼那帮民工：弄吧，和泥的和泥，掂刀的掂刀，垒墙。

#・村街、村部大门边

宅基地的规划分配方案已经贴到了大门外边的墙上。

许多村民都围在那里看，查找着自己的号码。赵秋英给春莲一块儿走过来，她们也围在那里看。春莲挤进人群，在那里找着。她先找到了李天成的名字。

春莲：二嫂，在这儿呢，九十二号。

赵秋英：快找找恁的，咱去对号。

＃·村街

村街两边的路面上，都用石灰画着规划好的线，线里用石灰写着号码。春莲和赵秋英一边走一边找着自己的号。

春莲：四十六，前面就是俺的。

春莲跑到写着四十六号的宅子前。那是一片靠街的宅子。赵秋英跟过来。

赵秋英：春莲，恁这一片不赖，靠街，地势也高。

春莲：走，找恁哩去。

这时新民走过来。

春莲：新民，九十二号在哪儿？

新民：九十二号在最南边那一排。

＃·村边

赵秋英和春莲沿着一条胡同走过来。春莲走在前面，她看到了写着九十二号的宅子。

春莲：二嫂，在这儿……

春莲还没说完，就止住了。赵秋英走过来，她也愣住了。她们看到的九十二号宅基地一小半是平地，一大半是个水坑。

赵秋英看着，有泪水在她的眼睛里滚动，她转身往回走。

春莲：二嫂……

＃·李天成家、院内、夜

赵秋英正在院里呆坐着，李天成推门进院。赵秋英站起来就往屋里走。

李天成：秋英……

赵秋英不理他，她走进屋去，砰的一下把门关了。

李天成尴尬地站着，他知趣地走进厨房。

#·李天成家、厨房内、夜

李天成走进厨房，拉亮灯。他掀开锅盖，锅里空空的，什么也没有。他又掀开一个锅盖，里面也是空空的。他找了半个萝卜。李天成剥掉皮，咬了一口，吃着走出去。

#·李天成家、屋内、夜

李天成嘴里吃萝卜走进来，他拉开灯，看到赵秋英在床上躺着，自己也轻轻地上床。他把枕头从另一头拿过来，放在赵秋英的枕头边。李天成轻轻地躺下，拉着被子盖在自己身上。

赵秋英突然坐起来，也不理他，下床，抱起被子走到另一张小床上，自己躺下，盖住。

李天成坐在那里，他看着赵秋英。赵秋英躺在那里，泪水从她的眼睛里流下来，她轻声地哭泣着。李天成望着赵秋英一耸一耸的肩膀。

李天成下床，来到小床边蹲下来，他伸出手，轻轻地抚摸着赵秋英的肩：看你，分块好宅子，还哭？

赵秋英噌的一下坐了起来，气愤地：一个大坑……

赵秋英没有说完，就气得哭起来，她重新躺下来，给李天成一个背。

李天成看着她，拉一只小凳，在床边坐下来：你咋就不听人把话说完？

赵秋英一气又坐了起来，她站起来就往外走。李天成追上拉住了她。

赵秋英:这个家是过不成了,我走。

李天成:你听我把话说完好不好?

李天成拉着赵秋英回来,把她摁坐在床上:你坐下听我说好不好?

赵秋英人工地坐下来。

李天成:咱是分个坑不假,坑就不能垫了?

赵秋英:垫,那是一句话,恁大一个坑,垫下来得多钱?

李天成:你老是钱,钱,就不会往远处看?

李天成说着从兜里掏出一张纸,展开:哎,你看,这是我画的一张草图,你看你看……

赵秋英就是不看,李天成只顾自己说自己的。

李天成:这就是咱村的规划图,你看,咱家就在这儿……

赵秋英仍然不看。

李天成一边用手指着草图一边说:你看着咱宅子前面现在是个坑,将来这就是咱村的活动场地,是咱村的花园,等花园建成了,村里再买些体育器材,咱就像城里一样,你一出门就管锻炼身体……

李天成还没说完,赵秋英站起来就往外走。

李天成:哎……

李天成放下图,追了出去。

 # · 李天成家厨房、夜

赵秋英走进来,拉亮灯。

李天成跟进来:你这是干啥?

赵秋英拿起围裙就往腰里系:给你做饭。

李天成嘿嘿地笑了:哎,那花园的事儿谁都不知道,你可别给人家说呀。

赵秋英停住手,看着李天成:谁给我换换吧,你以为我稀罕你那花园?我饿了。

赵秋英说完又去忙自己的。

李天成:你这一说,我也有点饿了。

赵秋英:饿死你……

赵秋英话没说完,忍不住笑了。

李天成也嘿嘿地笑了起来。

这时,大门外响起了敲门声。李天成忙走出去。

#·李天成家院内、夜

李天成来到大门边,开门,门外站着陈老伦:天成……我看这路修不成。

李天成:谁说修不成?

陈老伦:恁妈宅子上的房子一盖,把咱规划的路占了一半,还修个啥?

李天成:谁盖房子了?

陈老伦:锅底盖房你不知道?

陈老伦站起来,伸手指着门外:你去看看,墙都垒了一人高了。

李天成:胡闹!

李天成朝外走去。陈老伦忙跟过去。

#·锅底家、夜

三间房子的院墙已经垒了一人多高了,一帮民工正在搭脚手架,两个人正在和灰泥。锅底刚扛起一根棍,李天成、陈老伦和新民等人推门走进来。

锅底一看李天成,不理他,继续扛着棍往墙边走去。

李天成:锅底,停下来。

众人都停下手里的活。

锅底放下肩上的棍:墙都垒这么高了,停下来咋弄?

李天成:扒掉。

锅底冷笑:你说的不中！别听他的,接着搭。

锅底又扛起木棍往房边去,李天成上来拦住了他:锅底,打地基的时候我就给你说,这房子不能盖。

锅底把棍放下:为啥不能盖?

李天成:修路画的线你没看到?

锅底:你瞎画。站一边去,别耽误我干活。

锅底说着推开李天成,扛起棍往墙边走。李天成上前拦住他,厉声地:放回去!

锅底不理他,只管扛着棍走,李天成上前一拉,锅底没站好,脚下滑了一下,打了个趔趄,木棍从他的肩上脱落下去。锅底站立不稳,摔倒在灰泥堆里。他的身上,脸上都是灰泥。锅底气恼地从灰泥堆里爬起来:你还打我了……

锅底站起来,拿起一根棍朝李天成打去。众人惊叫起来。

陈老伦等人忙上来拉架。天成妈提着茶瓶从后院走过来,红裙拿着几只碗跟在天成娘的身后。天成娘一看锅底要给李天成打架,就叫了一声:锅底——

天成娘只顾慌着往这边跑,她没有看到脚下的一堆砖头,她被砖头绊倒了,她手中茶瓶发出了一声爆响,天成娘倒下来,她的头正好磕在了另外一堆砖头上,她昏迷过去。红裙丢掉手中的碗,喊叫着朝天成娘扑过来。

红裙:妈——

茶瓶的爆破声和红裙的喊叫声把人们的注意力吸引过来。锅底一看到娘倒在了地上,丢下手中的铁锨朝娘跑过来。李天成和陈老伦也朝天成娘跑过来。

天成娘满脸是血,躺在那儿。红裙和锅底喊叫着。

红裙:妈——

锅底:妈——

李天成也在天成娘的身边蹲下来:妈,妈……

陈老伦对身边的新民:赶紧找车。

＃·村路、夜

一辆三轮开过来,开车的是新民。天成娘躺在车上,李天成、锅底、红裙等人都在车上守着。

＃·医院、夜

天成娘头上缠着白色的缚料,在床上躺着,天成舅、锅底、红裙等人都在一边坐着。

李天成坐在天成娘的身边,他一手里端着一个茶缸,一手拿着勺子:妈,你喝点水。

天成娘睁开眼看了他一眼,又把眼合上了。李天成看着娘,他的眼睛里含着泪水,声音颤抖着:妈,你就叫我喂你一勺水吧。

天成娘把头侧到一边去。

天成舅站起来:天成,不喝就算了。

李天成慢慢地放下茶缸,他站起来,走出病房。

＃·医院、院内、夜

李天成走出来,他回身看着病房里的窗子,久久地看着。他慢慢转身,朝外走去。

＃·锅底家、院内、黎明

李天成推开大门进来,他看着那已经垒了一人多高的墙头,久久站在那里。李天成在地上跪了下来。磕了三个头。李天成泪流满面,他自言自语,声音哽咽:妈,别怪孩儿不孝……

李天成擦了一把泪,站起来,从地上拿起一根棍,朝墙捣去。

墙上的砖头一块一块地脱落,掉下来。李天成满脸的泪痕,他在用力地捣着墙。

这时红裙出现在他的身后:二哥……

李天成停下手里的棍,回身看着红裙:红裙,你给天功说,二哥当了这些年支书,没有给他办过一件事儿,要恨,就让他恨我吧……

李天成说着擦了一把眼泪。红裙看着李天成,不语。她走过来,从李天成的手里拿过那根棍,往墙上捣去。墙壁上的砖头被捣下去,一块又一块……

李天成愣住了,他看着红裙用棍捣墙的背影。

李天成的面孔和一台开过来的压路机重叠。

♯・村路

李天成的面孔慢慢地淡下去,压路机正在一条已经修好的村路上开动着。几个小孩子正在跟着压路机跑着,叫着。李天成、陈老伦、陈世前等人正在领着村民从一辆车上卸石子。

赵秋英和天成娘一块提着茶瓶来给干活的人送水。

天成娘倒一碗水送到天成的面前:天成,水。

李天成停住手中的活,他擦了一把汗:妈。

天成娘:喝吧。

陈老伦:还是娘知道疼儿。

天成娘:那还用说,哪个孩子不是娘身上掉下来的肉?

他们正说着,李来望一边看着新修好的路一边走过来。众人一看李来望,都停下手中的活,看着他。

陈世前:来望,你也来了。

李来望看了他一眼,没有说话,他一直走到李天成的面前,站住了:天成……

李天成:有事儿?

李来望看了众人一眼,又把目光落在李天成的身上。

李来望:天成,我李来望这辈子很少服人,我活这把年纪,心里最服的一个人,就是你。

李天成:看你说的……

李来望突然在李天成的面前跪了下来,李天成忙拉李来望:望叔,你这是干啥?

李来望:我李来望说到做到,几年前我欠你一跪,今个,我还了。

李来望说完站起来,谁也不看,转身离去,众人都看着他走去的身影。

远处,突然响起锣鼓声。

♯·工厂院内

锣鼓声,村里正准备分红,院内聚满了兴奋的人。办公室门前放着两张桌子,桌前放着两箱子钱。新民、陈世超正在忙活着。李天成、陈世前、陈老伦都在桌前坐着。

陈世前站起来,对会场摆摆手。会场上静下来:今天分红,家家都有份,人人都分钱。不要慌,叫着谁是谁,新民,开始吧。

新民:赵秋英——

坐在人群里的赵秋英愣住了。

春莲碰她一下:二嫂,叫你了。

新民又在上面喊叫:赵秋英来了没有?

赵秋英这才站起来,她走到前面。陈世超把一份钱递给她。可是赵秋英没有接,而是看着李天成。

李天成:接着呀。

赵秋英:咋回事儿?

李天成伸手把钱接了回来。他把手里的钱扬了扬,对着众人。

李天成:这是赵秋英同志应该得到的工资。就这份工资,我给大家做一个解释。我们都知道，秋英给厂里看门，已经两年了，可这两年，她一分钱也没拿。为啥？是她怕别人说闲话，因为她是我的老婆。大家想一想，如果不是秋英看门，我们另请一个，这份工资我们不给人家中不中？

陈世前：当然不中。

李天成：当初我也这样想，可我想错了，秋英是我的老婆不错，但她有独立的人格，她是人，是人就应该受到尊敬，她劳动，就应该得到报酬，我们给她报酬是对她的尊敬。这不是我个人的决定，这是支部的决定，这是村委会的决定，这是我们的制度，我们要有一个制度，要让制度来管理我们的工厂，管理我们每一个在这个厂里工作的人，我们的制度，就是公平，就是对人的尊敬！

众人鼓掌。李天成走到赵秋英的面前，把钱递到她的手里：拿着吧。

赵秋英热泪盈眶。人们身后的锣鼓响了起来……

＃·陈老伦家、院内

一面敲打的鼓，画面推开，是陈老伦和田桂荣正在办婚事儿。

院子里一拉溜摆放着几张桌子，陈世前、陈保卫、李公社和村里的许多人都坐在桌子上吃酒席。陈老伦和田桂荣两个人穿着一新，新民手里拿着酒杯和酒壶领着他们给客人敬酒。他们走到陈世前的面前。

新民：村长，新郎和新娘来给你敬酒了。

陈世前站起来，接过新民递过来的酒。

陈世前：这酒不能先敬我，应该先敬媒人。

新民：媒人呢？

陈世前：天成，哎，天成呢？

众人的目光都在找李天成。

陈世前：人去哪了？

陈保卫:刚才也在呀……

＃·厂部办公室

李天成站在墙壁前,看着挂在墙壁上的那根绳子。他慢慢地从墙上取下那根绳子,在地上蹲下来,从兜里掏出来一个打火机,打火,然后燃烧那根绳子。绳子慢慢地燃着,李天成看着那根在他手里燃烧的绳子,看着,突然,有两行热泪从眼睛里流下来……

这时门外由远而近传来了纷乱的脚步声,门突然被推开。

陈老伦、新民等人站在门口。大家都看着李天成。

陈老伦:天成……

李天成面前的那根绳子已经燃烧完,李天成站起来:咋都跑这儿来了?

陈老伦:天成,你不给我面子……

李天成上来推着陈老伦就往外走,一边走一边说:看你说的,咋不给你面子,走,喝喜酒去!

众人都跟着李天成往外走……

＃·村街

宽阔平坦的街道,两边都是新建起的两层小楼。

李天成、陈世前、陈老伦、新民等几个人正在村街上看着一图指指划划,远处传来锣鼓声。几个人停下来,看。

一群人在李来望的带领下,敲打着锣鼓,抬着一个玻璃匾沿着街道走过来。

这时两辆轿车从村路上开过来,小车停下。吕怀朴等人从车里下来,他们其中有一个身穿白大褂的大夫。

李来望:吕书记。

吕怀朴:是来望同志,你们这是干什么?

李来望:我们来给支书送匾。

吕怀朴:什么样的匾,能让我看看吗?

李来望:当然可以。

吕怀朴来到匾前,看。玻璃匾的特写。吕怀朴画外音:

一身正气,甘心吃亏为百姓。

两袖清风,心底无私天地宽。

众人鼓掌。

画面推开,吕怀朴回过身来:乡亲们,今年七月一日,是我们党的八十大寿,天成同志被推选为全国五十名基层支部书记的先进代表,过几天就要去北京参加庆祝活动。

众人又一次鼓掌。吕怀朴走到李天成面前。

吕怀朴:天成,在去北京之前,有个任务你必须给我完成。

李天成:吕书记,啥事儿,你说吧。

吕怀朴:把你的门牙给我补上。

众人哄的一下笑了。

吕怀朴:你看,医生我都给你请来了。

吕怀朴说着招呼身后的大夫:孙大夫。

孙大夫走过来。

吕怀朴:天成,这是孙大夫,可是有名的牙科专家。孙大夫,这事就交给你了。

孙大夫笑笑,走到李天成面前:李支书,张嘴,让我看看你的牙。

李天成张口,用手指着自己的豁牙:就这颗……

李天成张嘴让大夫看牙的特写……

画外传出众人的哄笑声。定格。

剧终

关于电视剧《当家人》的写作(代后记)

墨　白

八集电视连续剧《当家人》是由中央电视台、河南电视台、河南省委组织部和濮阳市委联合拍摄的。剧本的创作和拍摄时间都在2002年,播出的时间是2004年的6月6日中央一套的黄金时段,业内人士的行话叫"一黄"。在这部电视剧播出之后,记得谢晓嵋导演当时给我打电话说,《当家人》的收视率比较高。

我是个写小说的,不懂得收视率是怎样来的,也不知道这个收视率对《当家人》意味着什么。本来《当家人》已经渐渐地沉在了我的记忆深处,之所以现在重新说起她,是因为《当家人》在刚刚揭晓的第二十五届"飞天奖"上获得了三项荣誉:优秀中、短篇奖,优秀编剧奖和优秀男主角提名。

《当家人》里面讲述的故事,是根据濮阳县西辛庄的支部书记李连成的先进事迹创作而成的。李连成出生在黄河岸边,在他被村民推选为村支书的十几年间,带领村民致富,使一个贫穷落后的村子彻底改变了面貌,被村民誉为"一身正气,两袖清风,甘心吃亏为百姓"的好支书。李连成早已是大名鼎鼎,我在这里就不说他了,我想说一说我在创作这部电视剧时的几点思考和感受。在说思考和感受之前,我想先说一些题外的话。

我们都知道,在我们的教育理念里,历史和语文、数学、英语、政治比较起来,是一门副课,实际历史教育的重要性都被我们忽视了。或者没有被忽视,问题来自我们的观念本身。我们应该承认,课本里的历史观对培养一个民族的思维方式和行为方式起着根本性的作用。比如在说到农民起义的时候,我们的历史课本有一个关键性的词语,叫着"杀富济贫",或者叫作"劫富济贫"。这个词语在这里是有感情色彩的，是褒义的，也就是说，我们自己认为对这个词的理解是正确的，是值得学习的。这个词的潜意识告诉我们，一个人如果有了钱，有了财富，那他是有罪的，是应该受到仇视和惩罚的，就应该把他的财产“劫”过来，然后把人“杀”掉。这个词的另外一层意思是，在我们这个国度里，穷是有理的。实际这种思想已经渗入了我们这个民族的骨髓，成了像鲁迅先生所痛刺的“国民性”的特点之一。因为这种由来已久的根深蒂固的观念，我们忽视了人的存在，或者说我们忽视了这个词的根本意义，或者说我们忽视了我们自己的存在，忽视了我们每一个人作为一个人的存在。我们应该知道，当一个人没钱的时候，他是一个人，而当他有了钱之后，他仍然也是一个人。他应当受到尊敬。可在我们的现实社会里，当一个有钱的人出现在一片穷人的日常生活里的时候，按照我们教课书上的理念，他就应该受到仇视，“杀富济贫”吗？《当家人》里的主人翁李天成最初所面临的就是这个问题：众人的仇视！这一点强烈地刺激了他，李天成想，如果想让自己过得好，那就应该先让别人过得好。这就是李天成最初的行为准则。他是从一个人的私心出发，来做村里的支部书记，而恰恰正是这一点，应和了共产党人的行为准则：无产者只有先解放全人类，才能解放自己。正是基于这一点，电视机里的李天成变得有血有肉，并使我们感动。这是第一点。

第二点就是对人本身的认识和思考。用业内人士的话说，《当家人》是一部主旋律的电视剧。我认为“主旋律”不应该光看“主旋律”，我认为要想使我们的“主旋律”让观众真正的喜爱，还要在“人”上下功夫。我不知道怎样来理解“主旋律”这三个字，我只知道文学就是对人的关注，这当然不是我的话，这是高尔基的文学主张，但我是这样理解的，也是我从创作实践中认识到的。共产党是人，是有血有肉的，是有七情六欲的，他同党外人士一样要吃喝拉撒，也要生儿育女。我们为什么就不能正视，或者没有勇气去正视一个村里的支部书记作为一个人存在？我们每一个人都是世界的中心，这包括你，包括我，包括世上所有的人。一个人的存在，一个人对世界的体现和认识是任何人都取代不了的。而文学艺术所要关注的根本就是人本身,就是人性。所以《当家人》的写作,是从个体的生存问题出发的。关注个体的生存问题就是关注整个人类的生存问题。问题的关键是,我们要真正认识到人的存在,才能从个体的角度切入,从个体切入,就是对人性的关怀,对人性的关怀,就是对人的生存权利的关怀,并由此来表达出我们对社会的看法,表达我们的认识价值。从人性出发,就是不回避现实生活,我认为只有这样,才能写出农民的真实的生活和内心世界。

《当家人》从剧本到电视剧的创作过程,就是从个人的良知出发,并企图建立一种良性的人际关系的过程,使我们的价值观,随着社会的进程发生变化,使我们真正认识到人的存在,然后到制度的建立和完善,并由此让农民看到希望,让所有生活在这片土地上的人看到希望,也就是我们现在提倡的"和谐"。《当家人》力图从一个村子的现实生活出发,折射出大的社会背景,反映出时代对农村的冲击,使这个村子超越自身,完成对中国农村的跨越,成为整个社会的缩影。

原载《首播》2005 年第 5 期